Sixteen

LUÍZA ARAÚJO

Sixteen

O AMOR ATRAVÉS DOS TEMPOS

PRIMEIRA TEMPORADA

Coordenação editorial
Diana Szylit

Projeto gráfico, diagramação e capa
Felipe Rosa

Ilustrações
Luíza Araújo

Preparação
Leonardo do Carmo

Revisão
Vitória Lima
Marina Saraiva

Dados Internacionais de Catalogação na
Publicação (CIP) Andreia de Almeida CRB-8/7889

Araújo, Luíza
Sixteen : o amor através dos tempos / Luíza Araújo. -- 2. ed. -- São Paulo : Labrador, 2018.
144 p. : il.

ISBN 978-85-93058-79-0

1. Literatura infantojuvenil I. Título.

18-0322 CDD 028.5

Índices para catálogo sistemático:
1. Literatura infantojuvenil

EDITORA Labrador

EDITORA LABRADOR
Diretor editorial: Daniel Pinsky
Endereço: Rua Dr. José Elias, 520
Alto da Lapa - 05083-030 – São Paulo-SP
Telefone: +55 (11) 3641-7446
Site: http://www.editoralabrador.com.br
E-mail: contato@editoralabrador.com.br

Dedico este livro à minha família
querida, que tem me apoiado muito
nesta caminhada, e a todos os leitores
que acreditam no amor.

AGRADECIMENTOS

Ao inestimável Dr. Edson Nilton Veiga, sempre presente em minha vida nos momentos em que eu mais preciso.

À Solange Perpin, que me ajudou a encontrar o caminho para escrever esta história de amor.

AMIGO LEITOR,

Espero que você embarque na jornada dos incríveis dezesseis jovens, os Sixteen: Melissa, Arion, Flores, Aquileu, Cravo, Sila, Estrela, Tempólio, Jasmin, Ricardo, Penélope, Felipe, Esmeralda, Rubens, Stefânia e Daniel.

As aventuras continuam na segunda temporada da trilogia ***Sixteen: o amor através dos tempos***, que já está sendo preparada com muito carinho para você.

Sua opinião é muito importante para que a próxima temporada seja ainda melhor. Ela poderá ser deixada nos seguintes endereços:

sixteen.com.br

instagram.com/sixteenluiza

facebook.com/sixteen.luizaaraujo

luizaaraujoescritora@gmail.com

luizaaraujo.blog

Boa leitura!

Luíza Araújo

PREFÁCIO

Este livro não é um roteiro de teatro ou um romance, nem é um conto de fadas, tampouco é um conto longo ou uma novela, menos ainda uma coleção de crônicas. Nem é do gênero policial, terror ou suspense. Mas pode ser tudo isso...

A narrativa que a jovem autora Luíza Araújo propõe parece um simulacro de autoficção que lança no palco da leitura um quebra-cabeça de palavras, associações e vínculos que se repetem em sequência para revelar um dos grandes desejos humanos: amar e ser amado.

Ao mergulharmos na história, podemos perceber a ousadia de acesso livre à imaginação, ora permeada por pensamentos conscientes, ora pela sensação de lusco-fusco dos sonhos; imita a contemporaneidade em sua fragmentação, na rapidez do tempo, no resgate dos mitos, no coro das tragédias, nos poderes mágicos da juventude e da vida que se busca instantânea e perfeita.

Com talento especial para inventar labirintos que se cruzam, como em um jogo de espelhos, *Sixteen* nos apresenta personagens vivendo tramas que unem os desejos com o inconsciente, e nos leva por caminhos de desafios e aventuras.

Aproveite esta jornada! Outras temporadas vêm por aí!

Solange Pereira Pinto

atocomtexto1.blogspot.com
sollpp@gmail.com

I · Era uma vez dois reinos

Duas famílias de deuses tinham um objetivo na vida: casar seus filhos com pessoas de sua linhagem e de seu próprio reino. O casamento de pessoas da mesma casta, de igual riqueza e mesmos interesses comerciais reforçava a segurança do reino.

Arion era apaixonado por Melissa, e seu irmão Aquileu era apaixonado por Flores. O sentimento era mútuo, mas os dois casais eram de reinos diferentes.

Melissa e Flores eram irmãs.

Melissa, deusa da bondade e da natureza, ajudava sua família a manter a paz no Reino Rosamenon, usando sua sabedoria para dialogar e resolver conflitos.

Sua irmã Flores, deusa da primavera, com suas mãos delicadas feito pedras preciosas, enchia de roseiras e outras plantas floridas todos os jardins do reino.

Lírio e Hibisco eram os pais das duas. Lírio, deusa das açucenas, tinha o poder de perfumar essas flores com um pó mágico do cheiro. Hibisco, deus das tintas venenosas, era capaz de disparar substâncias peçonhentas de suas plantas para destruir o que quisesse.

O Reino Rosamenon, ao qual pertenciam Melissa e Flores, era conhecido como o país das rosas e das plantas perfumadas e belas.

Arion e Aquileu eram irmãos.

Arion, deus dos animais aquáticos, com o poder da sua mente podia controlar todos os bichos que viviam na água.

Já Aquileu, deus das margens aquáticas, conseguia controlar as beiras dos rios e dos mares pelo balanço de suas próprias mãos e olhos.

Marítima e Tritão eram os pais de Arion e Aquileu. Marítima, deusa das ondas, utilizava seus olhos para movimentar

Arion

a maré alta. Tritão, deus dos tufões, tinha o poder de lançar potentes vendavais apontando o indicador na direção do lugar a ser completamente destruído.

Arion e Aquileu pertenciam ao Reino Aqualândia, que era conhecido como o reino das águas, dos mares e das ondas fortes.

Arion e Melissa se apaixonaram, bem como Flores e Aquileu, mas, além de serem de reinos diferentes, suas famílias eram rivais. Isso porque, um dia, Tritão, do Reino Aqualândia, que seguia distraído, apontou seu dedo para mostrar um jardim e acabou destruindo uma belíssima plantação florida do Reino Rosamenon. Hibisco, para revidar tal insulto, despejou tintas venenosas nas águas do reino vizinho, e todos os animais marítimos morreram.

A partir desse dia, os dois grupos viviam em guerra.

Certa vez, as irmãs Melissa e Flores descobriram que estavam prometidas em casamento a Cravo e Tempólio. Tentaram argumentar com seus pais contra as uniões forçadas, mas de nada adiantou. "Já está tudo combinado e pronto", disseram eles.

Cravo e Tempólio eram irmãos e também viviam no Reino Rosamenon.

Cravo, deus dos espinhos, tinha o poder de lançar espinhos afiados de seus dedos.

Tempólio, deus do tempo, era capaz de controlar as horas, os minutos e os segundos apenas com seus olhos e suas mãos.

Os pais de Cravo e Tempólio eram Minerva e Agamenon. Minerva, deusa das farpas pontudas, conseguia atirar farpas agudas de suas próprias mãos para matar as pessoas. Com o mesmo intuito de sua mulher, Agamenon, deus dos cipós venenosos, tinha o poder de arremessar as plantas lenhosas e as trepadeiras somente com o olhar.

Numa tarde de outono, Lírio e Hibisco descobriram que as filhas andavam se encontrando às escondidas com Arion e Aquileu, do Reino Aqualândia.

Sem que as jovens percebessem, Lírio e Hibisco tratariam de casá-las com Cravo e Tempólio o mais depressa possível, conforme o planejado.

Do mesmo modo, Marítima e Tritão não queriam que seus filhos se envolvessem com aquelas garotas de Rosamenon. Eles já haviam acertado o casamento de Arion e Aquileu com Sila e Estrela, respectivamente, que eram do mesmo reino que eles.

Porém, Sila amava Cravo, não Arion; e Estrela estava apaixonada por Tempólio, não por Aquileu; ou seja, elas queriam se casar com os prometidos de Melissa e Flores.

Por outro lado, Melissa queria se casar com Arion, não com Cravo; e Flores, com Aquileu, não com Tempólio; elas amavam os prometidos de Sila e Estrela.

Assim como Arion estava apaixonado por Melissa, não por Sila; e Aquileu amava Flores, não Estrela; eles queriam se casar com as prometidas de Cravo e Tempólio.

Para completar os desencontros, Cravo também amava e queria se casar com Sila, não com Melissa; e Tempólio, com Estrela, não com Flores; eles estavam apaixonados pelas prometidas de Arion e Aquileu.

Foi então que as irmãs do Reino Rosamenon planejaram um encontro com Cravo, Tempólio, Arion, Aquileu, Sila e Estrela.

***

Numa agradável manhã ensolarada de domingo, Melissa e Flores saíram cedinho para ir ao mercado comprar morangos frescos.

Sila e Estrela inventaram que buscariam bolo de chocolate na confeitaria.

Cravo e Tempólio saíram com a desculpa de fazer uma caminhada.

Já Arion e Aquileu falaram para os pais que iriam a um fliperama jogar *videogame* aquático, quando, na verdade, seguiriam para o encontro com Melissa, Flores, Sila, Estrela, Cravo e Tempólio.

Quando chegaram ao ponto marcado, cada casal tomou um rumo diferente. Melissa e Arion foram a uma sorveteria na Praça das Violetas. Flores e Aquileu foram a uma doceria na Praça das Margaridas. Sila e Cravo foram ao cinema na Praça das Tulipas. Estrela e Tempólio foram ao teatro na Praça das Rosas.

Algum tempo depois, eles voltaram para casa, felizes da vida!

Quando Melissa e Flores chegaram com os morangos frescos, seus pais, já acordados, as aguardavam para tomar café da manhã juntos — o que também ocorreu com as famílias de Arion e Aquileu, Cravo e Tempólio, Sila e Estrela.

Após o café da manhã, cada jovem foi para o quarto fazer algo interessante.

Melissa ficou anotando pensamentos em seu diário. Flores foi ler revistas de moda, e Arion, um livro de aventuras. Aquileu voltou a estudar para a prova de Gramática. Cravo escreveu uma redação em seu computador. Tempólio ficou fazendo dever de Matemática para entregar na escola na semana seguinte. Sila, estudando História Grega, e Estrela, lendo um livro de drama.

Chegada a hora do almoço com as famílias, todos ficaram calados enquanto comiam e, após as refeições, foram descansar um pouquinho, pois teriam aula no dia seguinte. Todos só conseguiam pensar no encontro maravilhoso que tiveram naquela manhã tão bonita, algo inédito em suas vidas!

***

Passaram-se alguns dias, os jovens deuses não se conformavam com a ideia daqueles casamentos arranjados.

Foi aí que Melissa e Flores tiveram a ideia de fugir para se encontrar novamente com Arion e Aquileu.

Numa noite de lua cheia, as irmãs fugiram para rever seus amados num jardim secreto, planejando ficar por lá até pensarem numa solução para suas vidas.

Quando os pais souberam da fuga dos filhos, ficaram muito furiosos e começaram a se enfrentar, trocando acusações e insultos. A grande confusão foi compartilhada por todos em Rosamenon e Aqualândia.

No momento em que os filhos souberam do ocorrido, para acabar com esse confronto, aceitaram se casar com os pretendentes arranjados por suas famílias.

Melissa, Flores e seus pais começaram os preparativos para os casamentos prometidos. Seria um dia especial no Reino Rosamenon!

Enquanto isso, no Reino Aqualândia, Marítima e Tritão também preparavam o matrimônio de seus filhos.

Até que, um dia antes de se casarem, Melissa e Flores decidiram passear pelos domínios do seu reino. As irmãs estavam desgostosas por terem de iniciar uma vida com Cravo e Tempólio, a quem não amavam.

Já no Reino Aqualândia, eram os irmãos Arion e Aquileu que estavam desolados por seus casamentos com Sila e Estrela, a quem também não amavam.

Sila e Estrela, também do Reino Aqualândia, eram filhas de Cristal e de Heráculos.

Sila, deusa do canto, envolvia as pessoas com o encanto de sua doce voz. Estrela, deusa das estrelas-do-mar, tinha o poder de controlar as estrelas-do-mar usando o olhar e as mãos.

Cristal, deusa das fontes eternas, dominava todas as fontes de água usando apenas o olhar. Heráculos, deus dos rios, controlava os rios com o movimento de suas mãos.

***

O tempo foi passando, apesar dos desencontros.

Sila e Cravo se amavam, só que Sila era noiva de Arion, e Cravo, noivo de Melissa.

Melissa e Arion se amavam, porém Melissa era noiva de Cravo, e Arion, noivo de Sila.

Flores e Aquileu se amavam, mas Flores era noiva de Tempólio, e Aquileu, noivo de Estrela.

Estrela e Tempólio se amavam, só que Estrela era noiva de Aquileu, e Tempólio, noivo de Flores.

Finalmente — e infelizmente — chegou o dia dos noivados das irmãs Melissa e Flores. Todo o Rosamenon estava em festa. Era uma noite de céu bastante estrelado, e a lua cheia iluminava os convidados.

As jovens estavam muito elegantes em vestidos longos e brilhantes, maquiagem e cabelos deslumbrantes.

A festa estava perfeita! O ambiente bem decorado e bonito, a música agradável, comidas gostosas, convidados alegres e bem-vestidos, enfim, tudo maravilhoso!

Lírio e Hibisco estavam muito contentes porque suas filhas logo se casariam com os irmãos Cravo e Tempólio, jovens bonitos e ricos do Reino Rosamenon.

Minerva e Agamenon também estavam muito felizes com os noivados dos filhos com Melissa e Flores, duas moças bonitas, ricas e filhas de deuses de Rosamenon.

Enfim a paz voltou a reinar por ali. Todos conviviam entre amigos, sempre conversando sobre a vida de cada um com suas famílias.

II · O plano perfeito

Numa tarde de primavera, o grande dia chegou. Somente os nobres de Rosamenon foram convidados para os casamentos de Melissa e Cravo e de Flores e Tempólio.

O Reino Rosamenon estava mais uma vez em festa. Muita pompa, muito perfume no ar, flores para todos os lados. Mais requinte e sofisticação seria impossível.

De repente, minutos antes da celebração dos casamentos, começou uma gritaria seguida de muita correria e confusão: Rosamenon estava sendo atacado pelo exército de Amorfeu.

Amorfeu, deus do veneno mortal, tinha o poder de lançar veneno em tudo o que queria destruir apenas com o movimento das mãos. Era casado com Zara, deusa da hipnotização, que, com o piscar dos olhos e um estalar de dedos, hipnotizava as pessoas e fazia delas o que bem entendesse.

O casal tinha dois filhos, Aramis, deus das pedras pontudas, e Tíbanos, deus do fogo.

Assim como a mãe, Aramis controlava seus poderes com os olhos e as mãos. Lançava rochas pontiagudas para ferir e matar as pessoas se preciso fosse. Já Tíbanos cuspia tochas em chamas para cima dos inimigos, a fim de matá-los queimados.

A família de Amorfeu não tinha sido convidada para a grande festa, pois não era bem-vinda na comemoração dos anfitriões de Rosamenon.

O Reino Amorfeu vivia em guerra constante com seus vizinhos e era conhecido por invadir terras alheias. Sabendo do casamento, quiseram aproveitar a fragilidade do momento para invadir Rosamenon.

Após muita luta, que resultou em centenas de mortes, os soldados de Rosamenon venceram e expulsaram os invasores.

Melissa

Furiosos, Amorfeu e os filhos, Aramis e Tíbanos, tiveram de recuar, mas com a promessa de que voltariam para se vingar daquela derrota.

Diante daquela tragédia, os pais dos noivos remarcaram a data dos casamentos de seus filhos para dali a um mês.

***

Novamente, os nobres do Reino Rosamenon foram convidados. Todos estavam ansiosos pelo dia dos casamentos mais especiais do mundo. Aparentemente, Melissa, Flores, Cravo e Tempólio já estavam conformados com a situação.

Então, numa bela manhã de sol, Melissa, Flores e seus pais resolveram fazer um piquenique em família. Prepararam uma cesta com várias comidas deliciosas, como frutas, pães e doces.

Enquanto isso, no Reino Aqualândia, Arion, Aquileu e seus pais resolveram dar um passeio até o Clube Esportivo Aqualandense para jogar polo aquático em família. Como fazia uma linda manhã ensolarada, eles resolveram almoçar ali mesmo.

De repente, Sila e Estrela, as noivas de Arion e Aquileu, também chegaram ao clube.

Já no piquenique da família de Melissa e de Flores, chegaram os convidados Cravo, Tempólio e seus pais, Minerva e Agamenon. Todos almoçaram juntos no gramado de um parque verde contornado de árvores frutíferas e arbustos floridos sob um céu azul-claro.

Entardeceu, e todos foram para casa descansar, mas cada família deixou combinado um novo encontro para o dia seguinte.

A família de Melissa e de Flores planejou almoçar com a família de Cravo e de Tempólio em um excelente restaurante na Praça das Tulipas. Já a família de Arion e de Aquileu marcou o almoço em um restaurante na Praça das Conchas com a família de Sila e de Estrela.

Na manhã seguinte, eles se arrumaram para os respectivos encontros e chegaram com a pontualidade dos deuses.

Os almoços foram muito agradáveis, todos aproveitaram a companhia uns dos outros.

Apesar de, aparentemente, estarem felizes e conformados, Melissa, Flores, Cravo, Tempólio, Arion, Aquileu, Estrela e Sila queriam se reencontrar antes dos seus casamentos sem que seus pais descobrissem.

Mas como? Isso é o que eles não sabiam e em que não paravam de pensar.

Até que Melissa teve uma ideia brilhante: cada um falaria que iria ao cinema com o próprio irmão.O plano era perfeito!

Os pais, diante da ansiedade dos filhos e em nada se opondo ao programa, trataram de liberá-los logo.

Cada um dos casais se encontrou em um lugar diferente: Melissa e Arion no Jardim das Pétalas Floridas; Flores e Aquileu na Ponte das Ortigas; Sila e Cravo na Praça dos Cactos Agudos; e Estrela e Tempólio na Praça dos Monumentos.

Todos se divertiram muito, mas logo já era hora de voltarem para suas casas, antes que os pais suspeitassem o que realmente estava acontecendo.

Quando chegaram, encontraram os pais cuidando dos preparativos dos casamentos. Seria uma grande festa.

Enquanto isso, em suas casas, Melissa e Flores se lembravam dos momentos românticos que insistiam em povoar suas cabeças.

Abriram um sorriso de felicidade porque tinha dado tudo certo em seus encontros. Fora maravilhoso e divertido! Ao mesmo tempo, estavam tristes por terem enganado os pais, apesar de saberem que não tiveram escolha. Difícil controlar uma paixão!

Os casamentos aconteceriam em breve. Nunca mais elas e os seus verdadeiros amores iriam se encontrar. Teria sido a última vez. Uma despedida para sempre.

A partir daquele dia, cada um seguiria o caminho traçado pelos pais. O acordo feito não poderia ser quebrado, e os casamentos teriam que ser realizados.

***

Numa agradável tarde de domingo, a família de Melissa e de Flores recebeu a visita das primas Jasmin e Penélope e de seus pais, Armina e Romero.

Romero, irmão de Hibisco, era deus das luzes radiantes, e Armina era a deusa da harmonia.

Jasmin, deusa do brilho, deixava luzes cintilantes por onde passava. Penélope, irmã de Jasmin, era a deusa do arco-íris e fazia esse fenômeno multicolorido aparecer no céu onde quer que estivesse.

Melissa e Flores amavam as primas, duas meninas carinhosas e generosas, e levaram-nas para conhecer a cidade e seus monumentos importantes.

Enquanto isso, no Reino Aqualândia, a família de Arion e de Aquileu recebia a visita dos primos Ricardo e Felipe e de seus pais, Catarina e Mário.

Catarina era a deusa da ilusão aquática, e Mário, irmão de Tritão, era o deus do gelo aquático.

Arion e Aquileu resolveram sair com seus primos para conhecer a cidade e as suas maravilhas. Ricardo era o deus dos arcos e flechas e seu irmão, Felipe, o deus da rapidez.

Quando os quatro entraram na lanchonete, viram Melissa, Flores, Jasmin e Penélope lanchando na mesa logo ao lado. Foi aí que os primos e primas foram apresentados.

Conversavam animadamente, quando, de repente, vejam só quem apareceu: Cravo e Tempólio, com os seus primos Rubens e Daniel.

Rubens era o deus da grama venenosa, e Daniel era o deus do olhar penetrante; ambos eram filhos de Reinaldo e Marina.

Reinaldo, deus dos galhos pontudos, era irmão de Agamenon, e Marina, sua esposa, era a deusa da pintura.

Pouco tempo depois chegaram também Sila e Estrela, com as primas Esmeralda e Stefânia.

Esmeralda, a deusa das pedras preciosas, amava Rubens,

e sua irmã, Stefânia, deusa do encantamento, amava Daniel; as duas eram filhas de Aurora e de Pablo.

Aurora, deusa das amizades, e Pablo, irmão de Heráculos e deus da sabedoria, eram do Reino Aqualândia.

Eles lancharam, conversaram, se divertiram, riram bastante. Depois, voltaram para suas casas para descansar, pois no dia seguinte passeariam novamente com seus parentes em outros lugares interessantes.

Melissa e Flores levaram os familiares para almoçar na Churrascaria Bontempo, que ficava na Praça das Estações.

Já a família de Arion e de Aquileu levou os seus para almoçar na Pizzaria Central da Praça das Profundezas.

A família de Cravo e de Tempólio foi almoçar com os parentes no Restaurante do Mar, que ficava na Praça Verde; e a família de Sila e de Estrela levou os seus para a Casa de Massas São Joaquim, na Praça das Conchas.

Após o almoço, todas as famílias foram conhecer mais pontos turísticos da cidade, com seus encantamentos e mistérios, como o Parque Ecológico.

Os pais voltaram para suas casas, enquanto os filhos resolveram ficar mais um pouco.

Tinha um clima de romance no ar entre os novos oito amigos, Jasmin, Ricardo, Penélope, Felipe, Esmeralda, Rubens, Stefânia e Daniel. Havia sido amor à primeira vista, não tinha mais jeito: a paixão bateu e ficou!

Melissa, Flores, Arion, Aquileu, Cravo, Tempólio, Sila e Estrela conversaram bastante, tentando encontrar uma saída para suas vidas, e pediram ajuda aos primos.

Eles não eram mais só oito amigos, agora eram dezesseis. Havia uma sinergia total entre eles!

Dezesseis cabeças pensam melhor do que oito. Haveria um jeito de não se casarem com quem seus pais queriam.

Após muita conversa e queima de neurônios, os agora dezesseis amigos Melissa, Arion, Flores, Aquileu, Cravo, Sila, Estrela, Tempólio, Jasmin, Ricardo, Penélope, Felipe, Esmeralda, Rubens, Stefânia e Daniel inventaram um plano infalível para despistar e amedrontar os pais: fugir para bem longe dos reinos por um tempo, até tudo se acalmar.

E assim fizeram.

III · O revés

No início da fuga, todos estavam superanimados e destemidos. Entretanto, com o passar das horas, caíram em si: estavam perdidos. Algo havia dado errado, ou melhor, eles erraram completamente a rota da fuga.

Já era madrugada, chovia bastante, a noite estava escura demais, o céu com poucas estrelas, apesar da lua cheia. Estavam completamente perdidos no meio da mata, que escondia seus mistérios.

Os pais dos jovens amigos estavam desesperados com o sumiço dos filhos.

As meninas estavam com muito medo. Enquanto os meninos, um pouco mais tranquilos, protegiam as suas amadas do perigo.

Melissa se agarrou em Arion, Flores em Aquileu, Sila em Cravo, Estrela em Tempólio, Jasmin em Ricardo, Penélope em Felipe, Esmeralda em Rubens e Stefânia em Daniel. Estavam muito assustados e perdidos no meio da mata sombria e não se largaram nem um só momento.

Enquanto caminhavam sem rumo, tentando encontrar uma saída, começaram a pensar em como eles poderiam voltar para casa sãos e salvos, casar com os prometidos pelos pais e tentar ser felizes para sempre.

Nesse instante, bateu neles o arrependimento.

De repente, por um milagre, avistaram uma velha cabana em frente ao rio. Caminharam até lá, bateram à porta e ninguém respondeu. Decidiram entrar.

Como estavam muito cansados e sem alternativa para voltar para casa, resolveram dormir ali mesmo. Naquela imensa mata escura, de madrugada e perdidos, apesar de a chuva ter parado e algumas estrelas aparecerem no céu, havia vários

Flores

perigos, e, sem saber o que fazer, tiveram que pensar em como sobreviver àquela situação.

Na cabana abandonada não havia comida nem água, e a escuridão imperava. Então, os meninos foram até o rio pegar água fresquinha e acenderam o fogão a lenha para iluminar e aquecer o ambiente. Aquelas aulas de sobrevivência do grupo de escoteiros foram lembradas com muito carinho. Ufa!

Eles não tiveram outra escolha a não ser tomar água e dormir. Poucos minutos depois, começou um barulho muito estranho: seria um rugido de onça, um uivo de lobo, algum fantasma? Todos acordaram assustados e com muito medo.

As meninas ficaram imóveis, e os meninos, como verdadeiros escoteiros, resolveram investigar. Após muita investigação, os corajosos meninos não descobriram a origem daquele barulho e voltaram a dormir.

Os pais dos jovens continuavam desesperados com o sumiço dos filhos e chamaram a polícia.

O delegado de polícia foi assertivo: "Calma, senhores e senhoras, prometo que vamos encontrar seus filhos rapidamente e eles voltarão sãos e salvos para casa!".

Acontece que a floresta era enorme e a mata era alta demais. Mesmo assim, a polícia persistia nas buscas, mas não havia sinal deles em lugar algum.

Já era tarde quando a polícia encerrou o expediente. Continuariam pela manhã.

Enquanto isso, na floresta, ninguém conseguia dormir pensando no desespero das famílias atrás deles, com medo de alguma tragédia. Novamente veio aquele arrependimento; mas fazer o quê?

Decidiram manter a calma e começaram a pensar em uma saída daquela floresta horripilante. Não tinham ideia de onde estavam e não achavam uma solução.

Melissa, Flores, Jasmin, Penélope, Sila, Estrela, Esmeralda e Stefânia estavam muito nervosas e com muito medo daqueles barulhos estranhos que tinham ouvido.

Naquela noite chuvosa, todos os casais ficaram juntinhos

uns aos outros, dentro da cabana abandonada, apoiando-se mutuamente.

Arion aproveitou que estava coladinho em Melissa e a beijou com todo o seu amor. Também se beijaram Flores e Aquileu, Cravo e Sila, Estrela e Tempólio, Jasmin e Ricardo, Penélope e Felipe, Esmeralda e Rubens, e Stefânia e Daniel; ninguém parava de pensar no beijo tão apaixonado. Foi inesquecível aquele momento romântico dos jovens casais! Estava escrito na lua que os jovens casais ficariam juntinhos para sempre.

O cansaço falou mais alto, e eles adormeceram abraçadinhos e decididos a voltar para casa no dia seguinte.

Assim que amanheceu, os aventureiros apaixonados se levantaram rapidamente e recomeçaram a caminhada de volta para casa. Na verdade, já estavam muito arrependidos do que tinham feito. Poderia se dizer que o feitiço virou contra o feiticeiro: os Sixteen queriam apenas dar um susto em seus pais, passando uma noite fora de casa, mas eles é quem estavam assustados.

A fuga fora planejada com o intuito de fazer os pais repensarem os casamentos arranjados, em que se levou em consideração única e exclusivamente os interesses do reino. Os Sixteen sequer tinham sido ouvidos e se sentiram desrespeitados em seus direitos, pois foram usados como uma moeda de troca, sem que os seus sentimentos fossem levados em conta.

Enquanto isso, nos reinos de Rosamenon e Aqualândia, a polícia havia retomado as buscas e, sem descobrir qualquer pista do paradeiro dos jovens até aquele momento, já estava sem esperanças, ainda que continuasse o trabalho.

Os pais dos dezesseis jovens estavam nervosos, apavorados, enlouquecidos e desesperados sem notícias dos filhos desaparecidos.

Os Sixteen estavam famintos, sedentos e, para completar a situação, picados por mosquitos pelo corpo inteiro. Uma coceira sem fim os invadia. Fazia muito calor. Tinham caminhado longamente e estavam exaustos.

Por sorte, viram um riacho escondido no matagal e aproveitaram para tomar água e pegar frutos de uma árvore bem baixinha, com galhos compridos e largos. Então, continuaram a longa caminhada.

Não tinham percebido que estavam caminhando na direção contrária e ficando cada vez mais distantes de suas casas. Como o pôr do sol se anunciou, resolveram procurar outro lugar para passar a noite.

IV · Hospedaria Dona Margarida

Avistaram, na ponta do riacho, uma aconchegante pousada cercada de um belo jardim. Entraram e perguntaram se havia vagas.

A dona da hospedaria, uma doce velhinha de nome Margarida, disse:

— Sim, temos vagas para todos vocês, fiquem à vontade para desfrutar da minha pousada, meus filhos queridos.

A maternal dona Margarida achou as meninas lindas e elogiou o sorriso encantador de cada uma delas. Todas agradeceram o elogio e se informaram sobre algum restaurante ou lanchonete por ali.

Havia o Restaurante da Gente, na segunda esquina à direita, que oferecia uma comida caseira deliciosa e barata.

Após a refeição, Melissa e Flores não se contiveram de alegria:

— Gente, que restaurante bonito! Que comida maravilhosa!

— É mesmo, pessoal — concordou Penélope, depois de repousar os talheres. — Esse frango com açafrão... e a salada, que delícia! Amei vir até aqui!

— Que restaurante mais lindo! Eu também adorei tudo desse lugar tão aconchegante: a comida, a decoração, o atendimento... e a companhia de vocês, claro! — alegrou-se Esmeralda.

— Achei muito legal esse restaurante! O arroz com feijão, então, que delícia! Sem falar no...

— Bife acebolado! Tem razão, Arion. Esse lugar é um *show*, irmão! — completou Aquileu.

— É realmente o máximo! — emendou Cravo. — A batatinha frita, quentinha e crocante, nossa!

— Concordo com vocês, a comida está muito gostosa! — disse Tempólio, roubando as últimas batatas do prato do irmão.

Aquileu

— Esse restaurante é mesmo sensacional, *my friends* — disse Rubens. — Concordo com vocês, o jantar está delicioso!

Todos concluíram juntos:

— Parabéns pelo restaurante e pela comida! E a sobremesa, então, hmmm!

A conta foi barata e a comida deliciosa. Cada um pagou uma parte e, logo depois, voltaram para a hospedaria.

***

A noite chegou com seu encanto, magia e surpresa. Melissa e Arion tiveram a primeira noite de amor.

Foi uma noite simplesmente ma-ra-vi-lho-sa! O quarto estava cheio de velas acesas, de flores e rosas, pétalas vermelhas sobre a cama, cesta com frutas e chocolates em cima da mesa, e garrafa de champanhe com duas taças de cristal.

Também tiveram a sua primeira vez, com ambiente igual: Flores e Aquileu, Jasmin e Ricardo, Penélope e Felipe, Sila e Cravo, Esmeralda e Rubens, Stefânia e Daniel, e Estrela e Tempólio.

***

O sol acordou os oito casais felizes. Alegres porque estavam juntos para todo o sempre, se amando e se respeitando apaixonadamente.

Mas havia um porém: como explicariam essa história para os pais? Eles iriam entender a situação de forma pacífica? Ou de forma trágica? Será que aceitariam os amores escolhidos pelos filhos? Abençoariam as pessoas que os jovens escolheram, a quem amavam e com quem queriam se casar para viver o resto de suas vidas na alegria e na tristeza?

Quantas dúvidas e incertezas. Só uma coisa era certa: o amor que sentiam um pelo outro.

Lá fora, um aroma se espalhava pelo jardim: café coado e pão de queijo assado! Tomaram um delicioso café da manhã com frutas frescas, bolo de cenoura, pães e queijos.

Agradeceram a acolhida, despediram-se de dona Margarida e retomaram a caminhada.

***

Enquanto tentavam voltar para casa, sem perceber que continuavam no caminho errado, avistaram uma linda área rural, cheia de plantações e de frutas.

Lá chegando, conheceram Alberto, o dono da fazenda, sua esposa, Neusa, e seus cinco filhos, Alex, Bruno, Lucas, Aline e Pâmela.

Os Sixteen perguntaram se poderiam passar a noite lá, já que estava entardecendo e eles não tinham para onde ir.

Seu Alberto e a esposa disseram que sim, seria um enorme prazer hospedá-los em sua casa.

Dona Neusa falou que as meninas poderiam ficar no quarto de suas filhas, Aline e Pâmela, que já eram casadas e não moravam mais lá.

Os meninos dormiriam na sala, que era ampla e poderia acolher todos eles.

Tomaram banho e foram jantar uma comidinha deliciosa, preparada por dona Neusa com muito carinho. Ela fez macarronada ao sugo com bastante queijo ralado e, de sobremesa, um delicioso doce de leite. Após se fartarem, todos foram dormir cedo, pois estavam exaustos e, além disso, partiriam no dia seguinte de manhãzinha.

Quando amanheceu, os amigos tomaram aquele café da manhã apetitoso junto a dona Neusa, seu Alberto, Alex, Bruno e Lucas: café e leite quentinhos, bolo de cenoura, biscoito de polvilho, suco de laranja e queijo fresco!

Conversaram, comeram, agradeceram e se despediram da família de seu Alberto.

Continuaram a jornada de volta para casa, onde eles acreditavam que retornariam às suas vidas normais, junto das famílias.

V · Vilarejo dos Milagres

Caminharam por horas até chegarem ao Vilarejo dos Milagres. A primeira pessoa que conheceram foi a simpática senhora Joana, dona da Pousada Bolinhas, onde se hospedariam por um dia para prosseguirem a viagem.

Almoçaram na Lanchonete Delícia e, claro, foram conhecer os donos do estabelecimento. O proprietário, seu Camilo, era um senhor muito simpático, e sua família também: sua esposa, dona Elisabete, e os quatro filhos adolescentes, na faixa de onze a dezoito anos, Rafael, Damião, Jonney e Daniela.

Ainda na Lanchonete Delícia, enquanto lanchavam e conversavam, os Sixteen resolveram gravar um vídeo contando a verdade para suas famílias. Seria uma ideia genial? Sim, com toda certeza, uma ideia genial!

Quando terminaram a gravação, colocaram o vídeo gravado dentro de um enorme envelope. Tempólio usou seus poderes para adiantar o tempo, fazendo com que o vídeo chegasse imediatamente.

Será que os pais entenderiam a verdade? Será que os perdoariam? Será que mandariam um detetive atrás deles? Ou a polícia? Será que estenderiam a mão? Ou não? Eram muitas dúvidas, mais uma vez.

As meninas estavam se sentindo muito indispostas.

— Dona Joana, a senhora conhece algum médico? — indagou Melissa.

— Sim, conheço um excelente médico, o doutor Francisco.

A dona da pousada, então, telefonou para o consultório do médico. Quem atendeu foi sua secretária, Helena. Era um caso de urgência; assim, Helena passou a ligação para o doutor Francisco, que estava em outro atendimento:

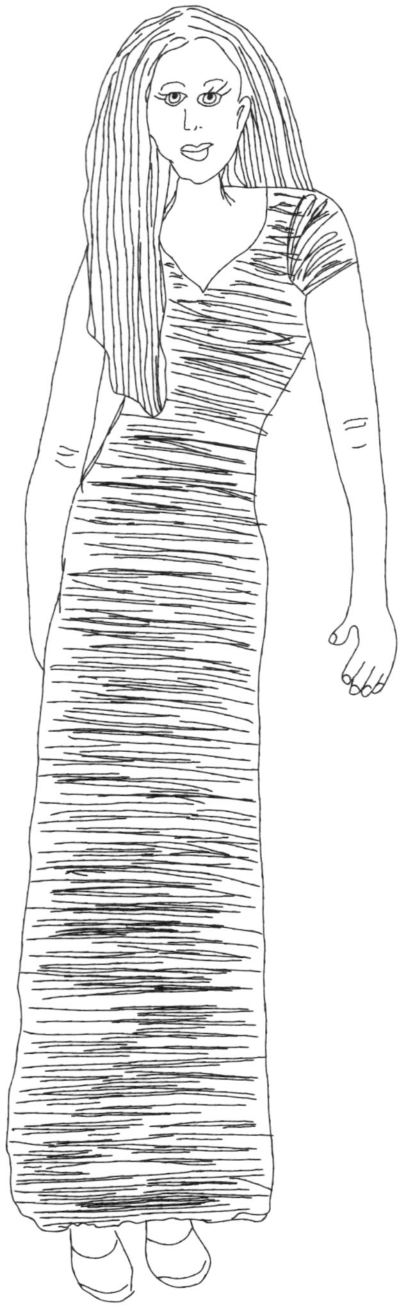

Penélope

— Alô, doutor Francisco, aqui quem fala é a Joana, da Pousada Bolinhas.

— Alô, dona Joana, tudo bem com a senhora? Em que posso ajudá-la?

— Estou com oito meninas hospedadas aqui na pousada, e elas estão doentes e muito fracas. Preciso que o senhor venha dar uma olhada nelas. Estou muito aflita, doutor.

— Não se preocupe, dona Joana, estou indo.

— Obrigada por sua ajuda.

— É sempre um prazer ajudá-la.

Minutos depois, doutor Francisco chegou à pousada.

— Boa tarde! Onde estão as meninas?

— No quarto 302, doutor.

E na porta do quarto 302:

— *Toc, toc, toc* — bateu o doutor.

— Sim?

— Tudo bem, meninas? Sou o doutor Francisco e vim examiná-las.

— Que bom que o senhor veio nos ver! — disseram elas em uníssono.

— Bem, vamos aos exames. Quem vai ser a primeira?

— Pode ser eu? — perguntou Melissa.

— Sim, sente-se aqui, por favor.

Após alguns minutos, concluídos os atendimentos individuais...

— Doutor, o que nós temos, afinal? — indagaram as garotas.

— Não precisam se preocupar, é apenas um resfriado, nada grave.

— Que bom que não é nada sério — disse dona Joana, aparecendo na porta.

— Vou passar alguns remedinhos, um xarope para tosse e um remédio para febre e dores no corpo, além de receitar repouso e alimentação adequada — orientou o doutor Francisco. — Ah, muito importante: bebam bastante água, no mínimo dois litros por dia, certo?

— Tudo bem, doutor, mas qual xarope? — perguntou Flores.

— Xarope de mel, da marca Melinho — respondeu o médico, já se organizando para sair.

— Muito obrigada, doutor — agradeceu dona Joana —, e tenha uma boa-noite.

— Obrigada, doutor Francisco, o senhor é um anjo. Boa noite! — completaram as jovens.

— Disponham. Sempre que precisarem. Boa noite a todas!

Na manhã seguinte, as meninas já estavam melhores e todos estavam prontos para a viagem de volta para casa.

Despediram-se de dona Joana, agradeceram e pegaram o caminho de volta.

***

Enquanto isso, nos reinos de Rosamenon e de Aqualândia, os pais dos dezesseis assistiam ao vídeo.

Ficaram surpresos, aliviados, revoltados, chorosos, alegres, assustados, nervosos, decepcionados, inconformados, orgulhosos, enfim, de tudo um pouco e um pouco de tudo.

Nessa mistura de sentimentos e corações acelerados, não tiveram escolha e aceitaram a realidade: os filhos tinham fugido e não estavam perdidos.

Agora mais calmos, deixando a razão falar mais alto, os pais tiveram a certeza de que aquela tentativa de casar os filhos realmente não tinha dado certo. Na verdade, estavam muito orgulhosos pelo fato de eles terem enviado o vídeo contando toda a verdade, apesar de não concordarem com a fuga.

VI · Sol Brilhante

Caminhando sem parar na estrada, chegaram à cidade Sol Brilhante e, logo na entrada da cidade, avistaram a Pousada Azul. Os donos eram uma simpática senhora chamada Maria e o seu marido, Amadeu. Tinham quatro filhos, Bernardo, Amanda, Sabrina e Marcos.

As filhas ajudavam a mãe na limpeza e na cozinha, enquanto os filhos ajudavam o pai na administração da pousada.

Os Sixteen logo foram para o restaurante. Famintos, adoraram a comida, principalmente a sobremesa — um bolo de chocolate com morangos.

Dona Maria falou que naquela noite haveria um jantar de gala para comemorar o aniversário da cidade. Os jovens ficaram radiantes com o convite e foram se preparar para a ocasião.

Providenciaram roupas e calçados adequados para a festa de gala. Os meninos alugaram ternos, e as meninas, vestidos longos.

O vestido de Melissa era rosa-choque com pedras brilhantes nas cores rosa e prata; o de Flores era dourado brilhante com pedras azuis e rosas; e o de Sila era vermelho com pedras verdes e roxas. O vestido azul de Estrela era o que mais chamava atenção: era brilhante com pedras amarelas e vermelhas.

Jasmin preferiu colocar um vestido roxo brilhante com pedras coloridas, enquanto Penélope escolheu um verde brilhante com pedras douradas. Esmeralda usou um amarelo com pedras alaranjadas, e Stefânia, um vestido laranja brilhante com pedras verdes e azuis.

Todas elas ficaram lindas, puro *glamour*!

Quando os amigos viram as amigas tão chiques, maquiadas, unhas feitas e cabelos arrumados, ficaram boquiabertos.

Felipe

— Melissa, você está linda!

— Obrigada, Arion, pelo elogio. Você está lindo nesse terno!

— Obrigado, Melissa, do fundo do meu coração, pelo elogio!

— Flores, você está maravilhosa nesse vestido!

— Obrigada, Aquileu. Você está um charme nesse terno!

— Obrigado. Fico feliz que você tenha gostado!

— Sila, você está bonita com esse vestido!

— Obrigada, Cravo. Você está um gato nesse terno!

— Valeu, Sila!

— Estrela, você está uma gata!

— Obrigada, Tempólio, você está um gatinho!

— Noooooossa, Jasmin, você está muito linda nesse vestido!

— Ah, Ricardo, obrigada! Você também está muito lindo nesse terno!

— Penélope, você está uma princesa!

— Obrigada, Felipe! Você está muito bonito!

— Obrigado, Penélope. Fico feliz com o elogio!

— Esmeralda, você está um *show* com esse vestido!

— Obrigada, Rubens, você também está um *show* nesse terno!

— Eu que agradeço, Esmeralda!

— Stefânia, você está simplesmente estonteante de tão bonita!

— Puxa, obrigada, Daniel. Fico feliz! Você também está muito bonito!

— Obrigado, Stefânia, de coração, pelo elogio!

A festa do jantar de gala na Pousada Azul foi bastante animada! Melissa dançou com Arion, Flores com Aquileu, Sila com Cravo, Jasmin com Ricardo, Estrela com Tempólio, Penélope com Felipe, Esmeralda com Rubens, Stefânia com Daniel, dona Maria com seu Amadeu. Também era possível ver outros casais apaixonados dançando sem parar.

Todos se divertiram, se abraçaram, se beijaram e dançaram bastante! Foi uma noite inteira de felicidade e de comemorações!

Enquanto se preparavam para dormir, conversaram sobre a volta para casa e a possível reação de seus pais: seriam castigados severamente por terem escondido a verdade?

Com receio, ou melhor, com verdadeiro pavor, resolveram passar mais um tempo na pousada, até que as coisas se acalmassem um pouco e as famílias começassem a se entender de verdade e se tornassem aliadas nas próximas grandes batalhas contra o Reino Amorfeu.

VII · Castelo Assombrado

No dia seguinte, de manhãzinha, todos desceram para tomar café da manhã. Dona Maria e as filhas, Amanda e Sabrina, preparavam o leite e o café bem quentinhos, pão com manteiga, frutas frescas, ovos mexidos, iogurte, além de frios fatiados.

Enquanto tomavam o café da manhã, Arion deu a sugestão de irem ao Museu de Artes e, em seguida, ao Castelo Assombrado.

Os amigos toparam a ideia e saíram rumo ao Centro Histórico Sol Brilhante, no centro da cidade. Quando chegaram lá, ficaram admirados!

Começando pelo Museu de Artes, Melissa, Arion, Flores e Aquileu foram ver as pinturas. Jasmin, Ricardo, Penélope e Felipe foram apreciar as esculturas. Esmeralda, Rubens, Stefânia e Daniel foram visitar as escadarias, tapeçarias e demais objetos do museu. Sila, Cravo, Estrela e Tempólio foram ver os alojamentos antigos.

Depois, numa espécie de revezamento, os dezesseis amigos visitaram, por inteiro, as maravilhas artísticas do lugar.

Era final de tarde e só faltava conhecer o Castelo Assombrado, que ficava dentro de um lindo bosque, ali perto, também com obras de arte para contemplar.

Seu Juca era o guia do Castelo Assombrado. Na entrada, antes mesmo da porta principal, ele falou por alguns instantes sobre os encantos e desencantos dos ex-moradores do lugar.

Contou para os visitantes que, à noite, ouviam-se vozes estranhas e gritos por ali. Isso porque o castelo era mal-assombrado pelos fantasmas antigos que rondavam a noite inteira, sem parar um minuto sequer.

Jasmin

Todos ficaram de orelhas em pé. As meninas ficaram apavoradas. Todas de mãos dadas e tremendo, não paravam de sentir medo, muito medo, na verdade pavor, das histórias sobre fantasmas que assombravam quando não havia ninguém lá.

Foi nesse momento que Arion teve a ideia de investigar a história direitinho:

— Vamos ficar e solucionar o mistério desses fantasmas?

— Tudo bem, pode contar comigo, mano, vamos investigar direitinho esse mistério! — animou-se Aquileu.

— Gente, essa investigação me assusta — comentou Flores. — Eu não gostei.

— Vamos, pessoal! Será muito legal! — insistiu Cravo.

— Eu não acho, mas estamos sempre juntos, não é? — colocou Jasmin. — Então, vamos nessa!

— Concordo com vocês, amigas. Investigar fantasmas me dá arrepios — disse Sila, com a voz trêmula.

— É demais! Estou dentro! — concordaram Ricardo e Felipe.

— Gente, estou morrendo de medo, ou melhor, estou apavorada...

— Imagina, Estrela, nada de pavor, é muito legal procurar fantasmas! — respondeu Rubens.

Então, começaram a procurar pistas. As meninas tremiam sem parar, com medo desses fantasmas horripilantes, e Melissa se manifestou novamente:

— Olha, gente, eu já disse e repito que não é uma boa ideia ficar caçando fantasmas à noite.

— Concordo com a minha maninha — expôs Flores.

— Eu também — disse Estrela. — Estou apavorada e arrepiada com essa história de fantasmas nesse castelo, mas seja o que tiver que ser.

Os meninos deram gargalhadas e continuaram caminhando, até chegarem numa sala abandonada, cheia de coisas antigas.

Melissa encontrou um livro raro que contava a história de amor entre a duquesa Vitória e o duque Armando. O título era *O amor eterno*. Ela achou tão interessante que o leu sem parar até o fim. Concluída a leitura, narrou a história aos seus amigos.

A duquesa Vitória pertencia ao Reino Brilhantina e tinha dezoito anos quando tudo começou. Ela estava na janela do seu quarto, lendo um livro de curiosidades, enquanto aguardava os convidados entrarem para a grande festa de aniversário do seu reino, quando viu um lindo rapaz no jardim conversando com alguns amigos.

A duquesa desceu correndo pela escadaria e perguntou se alguém sabia o nome daquele rapaz bonito. Ali, ficou sabendo que seus avós eram muito amigos dos avós dele e, por isso, ele também era um convidado daquela pomposa festa.

O conde Severino e a condessa Lidiana apresentaram a neta, duquesa Vitória, ao duque Armando, que estava acompanhado pelos avós, duque Alucoro e duquesa Juzefina.

Armando convidou Vitória para dançar a valsa, e foi naquele exato momento que os dois se apaixonaram perdidamente. Foi amor ao primeiro passo.

Infelizmente, os dois não podiam viver esse amor! Os pais de Vitória, duque Gerônimo e duquesa Almerinda, e os pais de Armando, duque Rodolfo e duquesa Cornélia, eram inimigos mortais, apesar de os avós de ambos serem amigos.

Além disso, Vitória estava prometida para o conde Gustavo de Chanisagom. Os pais de Gustavo, conde Gerald e condessa Florência, estavam de acordo e muito felizes com o casamento entre seu filho e a duquesa Vitória.

E agora? Algo totalmente proibido pela lei dos homens tinha acontecido: a duquesa Vitória se encantou pelo duque Armando, que também se encantou por ela.

Os dias foram passando lentamente, como num pesadelo.

A duquesa Vitória ficou sabendo pelo amado que os pais dele haviam escolhido para ser sua noiva a condessa Isabela, cujos pais, duque Horácio e duquesa Sônia, estavam muito felizes com o acordo.

Para complicar ainda mais a situação, havia uma terrível

maldição, conhecida pelos avós de ambos: caso a duquesa Vitória e o duque Armando ficassem juntos, eles ficariam presos para sempre em um espelho imenso. Tal maldição se cumpriria, inclusive, na vida dos ascendentes e descendentes.

O tempo foi passando e diariamente Vitória chorava de saudades do amor da sua vida, Armando, que também sofria de saudades da amada. Não suportando tamanha dor, escondidos, eles passaram a se encontrar todas as tardes após o pôr do sol, assim como Isabela e Gustavo, os prometidos de Vitória e de Armando, que também se amavam muito.

Desse modo, a vida transcorria na maior felicidade!

Certo dia de agosto, um dos conselheiros do Reino Brilhantina, o bruxo Magno, avistou um encontro de Vitória e Armando e lançou sobre eles a temida maldição, trancando-os imediatamente no espelho. O pior é que a maldição se estendeu a Isabela e Gustavo, além dos pais e avós dos dois casais. Assim, todos foram condenados a uma eternidade de sofrimentos, angústias e tristezas.

***

Melissa e os amigos voltaram a conversar com seu Juca para saber mais detalhes sobre a história do livro *O amor eterno*. Seu Juca comentou que os fantasmas dos dois casais, Vitória e Armando, Isabela e Gustavo, e dos seus ascendentes estavam presos no espelho gigante com moldura dourada que ficava pendurado no hall de entrada do Castelo Assombrado.

E acrescentou: os fantasmas andavam e gritavam sem parar pelo castelo, em busca de ajuda para libertá-los da maldição eterna. Esse socorro seria possível somente se algum visitante ficasse no castelo após o pôr do sol. Era nesse horário que os fantasmas saíam do espelho. A maldição acabou com a liberdade e tudo mais que possuíam, menos com o amor que nutriam, que os fortalecia e dava a eles coragem e esperança.

— Coitados, devem estar sofrendo muito — suspirou Flores. — Eles não mereciam isso, pobrezinhos.

— Foi uma injustiça o que fizeram com eles! — falou Sila.

— Ninguém merecia uma maldição dessas... — completou Aquileu.

— Que tristeza... Como puderam fazer uma maldade dessas? — indagou Estrela. — É um castigo horrível esse que lançaram sobre eles.

— Coitados, eles nem tiveram tempo de se defender! — lembrou Cravo. — Essa gente foi terrivelmente injustiçada.

— Que momento de pura maldade para esses casais que se amavam — queixou-se Daniel.

Por incrível que pareça, de repente, uma forte luz apareceu na frente deles, as portas começaram a bater, o barulho do vento que assoviava bem alto se misturava com gritos de sofrimento e ruídos de correntes se arrastando pelo chão.

Foi nesse instante que os dezesseis fantasmas, de Vitória, Armando, Isabela, Gustavo, Severino, Lidiana, Alucoro, Juzefina, Gerônimo, Almerinda, Gerald, Florência, Horácio, Sônia, Rodolfo e Cornélia, apareceram.

Os Sixteen se agarraram uns aos outros e começaram a gritar.

Então, o fantasma de duquesa Vitória falou:

— Não tenham medo, nós somos gente boa, muito prazer em conhecê-los. Meu nome é Vitória, esses são duque Armando (meu namorado), condessa Isabela (minha amiga), conde Gustavo (namorado de Isabela), conde Severino e condessa Lidiana (meus avós), duque Alucoro e duquesa Juzefina (avós de Armando), duque Gerônimo e duquesa Almerinda (meus pais), conde Gerald e condessa Florência (pais de Gustavo), duque Horácio e duquesa Sônia (pais de Isabela), duque Rodolfo e duquesa Cornélia (pais de Armando).

— Nós estamos pedindo ajuda porque não aguentamos mais continuar presos a essas correntes, dentro desse espelho, sofrendo demais — lamentou-se duque Armando.

— Todo dia é o mesmo sofrimento, saímos do espelho com o pôr do sol... — comentou duquesa Vitória, lamuriosa.

— ... e somos obrigados a voltar para dentro dele à meia-noite — completou duque Armando.

Duquesa Vitória, então, perguntou aos jovens:

— E vocês, como se chamam?

Gaguejando, Melissa foi a primeira a falar:

— Eu... eu me chamo Melissa, e esta é minha irmã, Flores, muito prazer, duquesa Vitória!

— Muito prazer, Melissa e Flores!

A seguir, foi a vez de Jasmin.

— O meu nome é Jasmin, e esta é minha irmã, Penélope; somos primas de Melissa e de Flores. É uma honra conhecê-la!

— A honra é toda minha, Jasmin e Penélope!

Logo em seguida, veio Sila.

— Eu me chamo Sila, esta é minha irmã, Estrela, e aquelas são nossas primas, Esmeralda e Stefânia. Olá, duquesa, é uma satisfação conhecê-la!

— Igualmente, Sila, Estrela, Esmeralda e Stefânia, é uma enorme satisfação conhecê-las também!

Arion, como sempre, tomou a frente dos meninos.

— Eu sou o Arion. É uma honra conhecê-la, duquesa Vitória. Este é meu irmão, Aquileu!

— A honra é toda minha, Arion e Aquileu!

Depois, foi a vez de Ricardo.

— Muito prazer, duquesa Vitória, eu me chamo Ricardo. Este é meu irmão, Felipe, e somos primos de Arion e Aquileu!

— É um prazer poder conhecê-los, Ricardo e Felipe!

Logo a seguir, foi Cravo quem falou.

— Eu sou o Cravo, duquesa Vitória. Estes rapazes são meu irmão, Tempólio, e nossos primos, Rubens e Daniel. Muito prazer, Vossa Graça!

— A honra é toda nossa, Cravo, Tempólio, Rubens e Daniel! — comentaram duquesa Vitória e duque Armando.

— Muito prazer, meninas e meninos! — disse condessa Isabela.

— Muito prazer, condessa Isabela! — responderam numa só voz todos os jovens.

— É uma honra poder conhecê-los — arrematou conde Gustavo.

Passadas as apresentações, Melissa prosseguiu:

— Lemos a história de vocês. É linda e triste ao mesmo tempo.

— É um verdadeiro conto de fadas, mas com final infeliz; não faltou nem a bruxa má! — observou Penélope.

— É a mais bela história de amor que eu já ouvi na vida! — decretou Esmeralda, com o coração levemente acelerado.

— É uma história corajosa, mas infeliz, a que vocês viveram! — disse Arion, com o apoio de seu irmão, Aquileu.

— Uma história de amor muito bonita e triste! — completou Daniel.

— É uma das melhores e mais tristes histórias do mundo! — concluíram Cravo, Tempólio e Rubens.

Arion não se conteve e perguntou sobre a maldição antiga e muito poderosa que se abateu sobre eles e que estava contada no livro *O amor eterno*.

A duquesa Vitória não teve dúvida e respondeu:

— É uma maldição muito intensa e forte. A única maneira de acabar com o feitiço é abrindo o livro *O amor eterno* na última página. Aquele que a Melissa encontrou e que agora está com você, Arion.

Depois de alguns instantes de silêncio profundo, a duquesa continuou:

— Aparentemente, essa página está em branco. Entretanto, se vocês a colocarem contra a luz, poderão ler "A quebra da maldição". É preciso lê-la em voz alta, em frente a este espelho gigante de onde saímos.

— É uma missão bem difícil, que exige calma, porque a leitura terá que ser perfeita — interpelou duque Armando.

— É uma tarefa perigosa e arriscada — ponderou condessa Isabela —, pois ficaremos presos para sempre se houver qualquer errinho na leitura.

— É um trabalho complicado e que exige calma, porque, uma vez lido, o escrito na página será apagado para sempre — alertou conde Gustavo, apreensivo.

— E, com isso, nunca mais poderemos ser libertados — finalizou duquesa Vitória.

Os dezesseis amigos não quiseram nem pensar na hipótese de falhar e deixar os novos amigos presos para todo o sempre. Estavam decididos a controlar a emoção para quebrar o feitiço do bruxo Magno.

Ainda bem que esse sofrimento estava prestes a acabar, pois o livro *O amor eterno* que Melissa encontrou e entregou a Arion era a chave para anular a maldição.

***

Arion abriu o livro na última página e colocou-o contra a luz. “Uauuu!”, exclamaram alguns. “Incrível”, completaram os outros.

Realmente, a última página, aparentemente em branco, quando colocada contra a luz, mostrava perfeitamente o texto ao qual se referiu duquesa Vitória. Quem poderia imaginar...

Passada a euforia, Melissa falou:

— Gente, a hora é agora. Vamos ajudar os nossos novos amigos.

Foi nesse instante que os Sixteen deram as mãos, formando um círculo, ficaram em silêncio absoluto, respiraram fundo e se concentraram para ajudar Arion.

Arion, então, respirou fundo mais uma vez e leu em alto e bom som, com toda a calma do mundo, para não errar, o seguinte texto:

A quebra da maldição

> De todo o mal me arrependo e quero acabar com essa maldição que só quer o meu mal. Liberte-me dessa angústia de uma vez. Amor, amor, amor, amor, acaba de uma vez com a minha solidão. O feitiço foi quebrado, anulado, nunca mais vocês sofrerão novamente. Vocês são livres para partirem em paz.

Assim que Arion acabou de ler, o espelho se espatifou no chão, as correntes se quebraram e todos os fantasmas se libertaram de todo o sofrimento.

Foi um momento mágico e inesquecível. Uma mistura de choro, alegria, emoção, abraços, risos e beijos entre a duquesa Vitória e a condessa Isabela, o duque Armando, o conde Gustavo, e seus pais e avós!

Os dezesseis amigos também se abraçaram e pularam de alegria!

— Que momento lindo! Eu acho que vou chorar... — falou, extasiada, Melissa.

— Ai, assim eu choro também! — declararam Flores e Jasmin, emocionadas.

— Estou superfeliz e emocionado por ter ajudado! — comentou Cravo.

— Nunca esqueceremos cada um de vocês! Sejam felizes, amigos! — bradaram Aquileu e Arion.

— Vão em paz! Que a sorte os acompanhe... — exclamaram os demais jovens. — Boa viagem!

— Meus queridos amigos, muito obrigada por tudo, de coração! — agradeceu duquesa Vitória.

— Obrigado pela ajuda, bons amigos! — disse, grato, duque Armando.

— Obrigada, amigos, por sua ajuda, eu nunca vou esquecê-los! — respondeu condessa Isabela.

— Muito obrigado, amigos, fiquem em paz. Até mais e felicidades a todos! — despediu-se conde Gustavo.

Os condes Gerald, Florência, Severino, Lidiana e os duques Horácio, Sônia, Alucoro, Juzefina, Gerônimo, Almerinda, Rodolfo e Cornélia despediram-se e agradeceram de uma só vez: “Obrigado, amores, vocês são uns anjos!”.

E foi assim que os fantasmas partiram felizes e livres da maldição terrível que os aprisionava num sofrimento sem fim.

Com a ajuda dos dezesseis novos amigos, os dezesseis fantasmas foram libertados, puderam ser felizes para sempre com seus verdadeiros amores e voltaram para suas épocas, contentes e confiantes!

E os Sixteen voltaram para a Pousada Azul.

***

Na manhã seguinte, a jornada de Arion, Melissa, Flores, Aquileu, Sila, Estrela, Esmeralda, Stefânia, Cravo, Tempólio, Rubens, Daniel, Ricardo, Felipe, Jasmin e Penélope continuava mais incrível do que nunca.

Dessa vez, foram a uma feira de livros bastante diversificada que estava acontecendo na cidade de Sol Brilhante.

Lá, havia barracas de livros e revistas de todo tipo e também comidas e bebidas à vontade, além de uma música ambiente bem agradável.

Melissa e Flores compraram vários romances policiais. O fato de esses livros demonstrarem que não existe crime perfeito deixava as irmãs intrigadas e curiosas pelo desfecho das histórias.

Jasmin e Penélope compraram um livro de poesia, pois interpretar a manifestação da beleza e dos sentimentos nos versos era a prática preferida da dupla.

As irmãs sonhadoras Sila e Estrela compraram vários livros de contos de fadas, dentre eles *A Branca de Neve e os sete anões*, *Cinderela* e *A Bela e a Fera*, porque adoravam sonhar acordadas e imaginar que eram princesas.

Já as irmãs Esmeralda e Stefânia preferiam as histórias antigas, para desvendar os mistérios do passado e compreender o presente.

— Conhecendo o passado, entendemos o presente, pois a história se repete. Podem ser épocas diferentes, mas os fatos se repetem! — disseram elas aos amigos.

Arion e Aquileu, fascinados por histórias de fantasmas, dramas e livros de suspense, levaram uma coleção. Medo, mistério, investigação, espanto e inquietação eram os assuntos preferidos dos dois.

Os irmãos Cravo e Tempólio só quiseram saber dos exemplares que tratavam das séries e novelas de TV. Para eles, a vida e a sociedade eram retratadas fielmente na telinha.

Ricardo e Felipe compraram só revistas em quadrinhos, um monte delas. Os irmãos se divertiam e aprendiam de uma forma leve com os diálogos dos personagens dos gibis.

Finalmente, Rubens e Daniel compraram diversos livros de detetives e mistérios para desvendar roubos a bancos e desaparecimentos de joias preciosas de museus e joalherias. A presença do crime, da investigação e da revelação do malfeitor os deixava bastante intrigados.

Todos gostavam muito de ler, de assistir a palestras e também de pegar autógrafos de autores famosos.

Eles aproveitaram o dia para conferir os dois *workshops* que estavam acontecendo em outra galeria da Feira de Livros Sol Brilhante. Os Sixteen preferiram participar do *workshop* "Técnicas de incentivo à leitura para crianças e adolescentes".

O outro *workshop* era direcionado a escritores, com o título "Como surpreender os leitores". Apesar do gosto deles pela leitura, nunca tinham pensado em escrever... Mal sabiam eles que suas histórias poderiam dar um livro.

Como saco vazio não para em pé, aproveitaram para lanchar: comeram sanduíches naturais, pipoca, algodão-doce, brigadeiro de colher, beberam suco de uvas frescas e tomaram sorvete.

Passaram o dia entretidos. Quando perceberam, o pôr do sol tinha chegado e era hora de voltar para a Pousada Azul, de dona Maria.

VIII · As bebês

A temporada por ali seria longa. Os dias foram passando, até que Melissa, Flores, Jasmin, Penélope, Estrela, Esmeralda, Sila e Stefânia foram ao médico e ficaram sabendo que estavam esperando bebês.

Naturalmente, quando os meninos souberam que seriam papais, ficaram superfelizes também.

Era uma grande notícia, mas havia um temor. Como contar aos pais que eles seriam avós? Como reagiriam com a notícia de que as filhas seriam mães?

As jovens estavam assustadas, na realidade, apavoradas, e com muito medo da reação de seus pais. Sabiam que eles iriam fazer muitas perguntas sobre a gravidez. Seriam castigadas severamente pela notícia? Era a pergunta que não queria sair do pensamento.

Arion, Aquileu, Cravo, Tempólio, Rubens, Felipe, Ricardo e Daniel também estavam com muito medo da punição que provavelmente receberiam de seus pais.

Em comum acordo, decidiram ficar na Pousada Azul por mais algum tempo, até que novamente as coisas se acalmassem.

Por coincidência, começou uma chuva bem forte nessa hora, e os dezesseis amigos ficaram de bobeira esperando o temporal passar. Alguns lendo seus livros novos, outros assistindo ao filme na televisão, e outros dormindo.

As ruas de Sol Brilhante ficaram alagadas, os telefones mudos, o comércio fechado e não havia energia elétrica — um verdadeiro caos.

Aquileu tentou distrair os amigos sugerindo que cada um contasse uma história que tinha lido, mas ninguém se animou. Estavam todos entediados, só pensando na vida.

Ricardo

Quando a chuva parou e não se ouvia mais nenhuma gota de água, os telefones voltaram a funcionar, e a energia também. Melissa falou:

— Pessoal, vamos sair para comemorar a vinda dos bebês, não adianta ficarmos aqui parados, pensando na vida e no que poderá acontecer conosco. O que tiver de ser, será!

Todos toparam a ideia e foram dar um passeio no centro da cidade.

***

Muitos meses depois, conhecendo a cidadezinha na palma das mãos e trilhando quase sempre a mesma rotina, as garotas não aguentavam mais aquele clima de tédio, de ficar o dia inteiro no quarto sem poder fazer nada.

Já não podiam levantar muito peso, pois suas barrigas enormes, de oito meses, estavam para explodir. Todas grávidas, inacreditavelmente, de meninas. Uma alegria cor-de-rosa!

Certa noite de maio, as meninas sentiram uma dor muito forte. Bolsas estouradas, era a hora de as filhas virem ao mundo. Começava o trabalho de parto.

Os meninos ficaram muito nervosos, não sabiam o que fazer naquele momento e foram pedir socorro à dona Maria, responsável pela Pousada Azul.

Rapidamente, seu Amadeu, esposo de dona Maria, pegou o carro e foi buscar dona Marta, uma parteira experiente da região.

Dona Marta pediu ajuda a Amanda e a Sabrina, filhas de dona Maria, e à própria dona Maria, para fazer os oito partos. Sozinha não daria conta de tantas meninas dando à luz ao mesmo tempo. Céus!

Felizmente, depois de muita correria e preocupação, cada milagre transcorreu da melhor maneira possível. Cada criança que nascia era recebida com muito amor, carinho e comemoração.

Melissa foi a primeira. À sua filha, ela e Arion deram o nome de Manoela.

Flores foi a segunda, e sua menininha com Aquileu recebeu o nome de Paloma.

Jasmin foi a terceira, e ela e Ricardo chamaram de Samantha a bebê.

Penélope foi a quarta. Ela e Felipe deram o nome de Giovana à menina.

A quinta a ganhar bebê foi Sila que, junto a Cravo, escolheu o nome de Brenda para a garotinha.

A sexta bebê a nascer foi a de Estrela e Tempólio, que recebeu o nome de Juliana.

Esmeralda foi a sétima a ter o parto realizado. Ela e Rubens escolheram o nome de Laís.

Por último, nasceu a filha de Stefânia e Daniel, que recebeu o nome de Marina, em homenagem à sua avó paterna.

Apesar de tantos anos de experiência, dona Marta nunca havia passado por uma situação parecida, oito partos no mesmo dia, praticamente na mesma hora. Total sincronicidade. “Magia do universo”, pensava ela.

Quando a última bebê veio ao mundo, dona Marta teve certeza de que o sufoco já havia passado. Nesse momento, ela desabou a chorar, numa mistura de alívio, alegria e dever cumprido.

Dona Maria, seu Amadeu e os filhos Bernardo, Marcos, Amanda e Sabrina também se emocionaram com a cena tão linda daqueles nascimentos.

Os papais e mamães corujas estavam maravilhados com suas bebês! Todos deixaram as meninas descansarem, afinal, tinha sido uma noite agitada.

***

Quando amanheceu, os rapazes foram visitar as amadas e suas filhas, já acordadas para tomar o café da manhã carinhosamente preparado por dona Maria e suas filhas:

café com leite bem quentinho, pão com manteiga, bolo de cenoura com cobertura de chocolate, biscoitos doces, além de suco de laranja e frutas fresquinhas, fatiadas em camadas de cores.

Os recém-papais e mamães fizeram um passeio pelo quintal para as bebês conhecerem bem de pertinho as belezas das flores mais perfumadas de Sol Brilhante.

Muitos passeios se repetiriam dali em diante.

Certa vez, Arion e Melissa desceram com Manoela para colocá-la no bebê conforto do micro-ônibus. Em seguida, Aquileu e Flores fizeram o mesmo com Paloma.

Depois vieram Ricardo e Jasmin com Samantha. Logo após, Felipe e Penélope trouxeram Giovana. Cravo e Sila chegaram com Brenda. Tempólio e Estrela trouxeram Juliana. Rubens e Esmeralda chegaram trazendo Laís e, por último, Daniel e Stefânia chegaram com Marina. Todas as crianças foram colocadas no bebê conforto do micro-ônibus.

As mamães ficaram na parte de trás com as filhinhas, e os papais, na parte da frente. Arion foi dirigindo o micro-ônibus, e seus companheiros foram ajudando na rota do caminho mais curto.

Foi então que perceberam que estavam em uma rua sem saída. Aí, deram a volta e continuaram em direção ao Campo de Flores Sol Brilhante.

Melissa, Flores, Jasmin, Penélope, Sila, Estrela, Esmeralda e Stefânia já estavam agoniadas, porque eles não chegavam ao lugar certo.

Os dezesseis amigos e suas filhinhas estavam completamente perdidos no meio da rua, sem nenhuma pessoa para ajudá-los a achar o caminho desejado.

— Onde estamos, gente? — indagou Melissa.

— Estou apavorado, este lugar me dá medo — soltou Cravo.

— Que rua assustadora é essa, pessoal? — Stefânia questionou. — Estamos perdidos no meio do nada.

— Calma, vamos dar um jeito nessa situação — disse Arion, tentando conter os ânimos.

— Vamos ficar tranquilos! — completou Ricardo. — O nervosismo não vai resolver nada.

Os Sixteen tinham se esquecido do grande aliado à disposição deles para verificar o caminho certo para o Campo de Flores Sol Brilhante: o GPS.

Nesse instante, alguém percebeu que o destino deles ficava na outra rua. Teriam que voltar. Mal o micro-ônibus começou a andar, perceberam que ele estava torto e muito estranho.

Só podia ser pneu furado. E era... Na verdade, eram: os dois pneus traseiros estavam furados!

— Ah, não... — murmuraram juntos.

Não restava alternativa a não ser procurar o borracheiro Leandro, o melhor da cidade.

Leandro consertou os pneus e eles seguiram em frente.

Finalmente, chegaram ao seu destino.

— Oba! — gritaram, eufóricos.

Era um lugar em lindos tons de verde, com uma brisa agradável. Resolveram fazer um piquenique na beira do lago azul-turquesa, para apreciarem a vista maravilhosa, adornada de flores e árvores altíssimas, cores belíssimas, além do perfume puro do ar. Quanta tranquilidade!

Todos aproveitaram bastante o passeio, mas, como o pôr do sol já tinha chegado, eles resolveram voltar.

Quando chegaram à pousada, perceberam que dona Maria já estava preparando o jantar.

Subiram, tomaram um banho e voltaram para saborear a comidinha tão deliciosa que dona Maria tinha preparado com muito carinho. Após o jantar, todos foram dormir, pois estavam exaustos.

IX · Os feitiços

Todos dormiam profundamente quando, de repente, acordaram assustados com um barulho muito estranho, uma mistura de pessoas falando e andando pela pousada.

Pegaram uma lanterna e desceram para investigar o que acontecia, e foi nesse momento que se depararam com seus amigos fantasmas.

A duquesa Vitória, o duque Armando, a condessa Isabela e o conde Gustavo estavam andando pela pousada sem parar, de maneira descontrolada.

Quando os fantasmas perceberam a presença de seus amigos, ficaram muito felizes em revê-los.

Os Sixteen também ficaram contentes, porém apreensivos...

— O que vocês estão fazendo aqui? — perguntou Arion.

— Algum problema novo? — prosseguiu Melissa.

— Vocês mais uma vez por aqui, amigos? Oh, céus... — suspirou Daniel.

— É muito bom vê-los novamente! — pontuou Cravo, quebrando um pouco o clima de tensão.

— Aconteceu algo sério? — indagaram Felipe e Ricardo, quase simultaneamente.

— Parece que não estão bem... — comentou, preocupada, Stefânia.

— Sim, temos um problema para resolver — introduziu duquesa Vitória.

— Os três livros dos feitiços sumiram! — revelou a condessa Isabela.

— O quê? — exclamaram todos.

— Exatamente: os livros dos feitiços — comentou conde Gustavo. — Estavam guardados há séculos na biblioteca...

Cravo

— Como assim sumiram? Foram roubados? Que livros são esses? E onde eles podem estar? — perguntou Flores.

Os fantasmas contaram que, muito tempo atrás, Tibianos, Albano, Mikros, Vilanos, Alceu e Crivonilda, seis magos de alma limenon — isto é, bons e queridos por todos, porque ajudavam os outros e só faziam o bem —, para proteger as pessoas de qualquer mal, criaram uma série de feitiços com palavras e formas geométricas e lhes deram o nome de *Livro dos feitiços*. Os bruxos Magno e Herculano quiseram roubar os livros dos seis magos e usá-los para o mal. Só que, com seus poderes, os magos conseguiram trancar um dos bruxos, Magno, no Mundo dos Sonhos. Herculano fugiu, e nunca mais ouviu-se falar nada a respeito de seu paradeiro.

Assim, os três livros foram guardados em segurança.

Infelizmente, para o desespero dos magos, após muitos anos de prisão, Magno conseguiu fugir do Mundo dos Sonhos.

Dizia a lenda que quem achasse os três livros dos feitiços, criados para proteger as pessoas de qualquer mal, conseguiria acabar com os bruxos Magno e Herculano, trancando-os finalmente no Mundo dos Sonhos; dessa vez, para toda a eternidade.

No entanto, em cada um desses três livros, havia um feitiço muito poderoso. E quem dissesse esses feitiços poderia trancafiar os fantasmas novamente em outro espelho.

— É, meus amigos, esta é mais uma missão para nós... achar os três livros dos feitiços — afirmou Aquileu.

— Realmente, é um problema grave. Mas, amigos, não se preocupem, nós vamos encontrá-los! — falou Tempólio, com firmeza.

— Vamos à ação novamente! — colocou Sila.

— Sem dúvidas — assentiu Penélope —, os três livros dos feitiços não podem ter sumido assim, de repente.

— Espero que eles não tenham caído em mãos erradas... — disse Esmeralda, cruzando os dedos. — Será uma tragédia se estiverem com algum mau-caráter.

— Mas, gente, muita calma nessa hora: por onde vamos começar? — indagou Rubens.

— Podemos contar com vocês mais uma vez, meus amigos? — quis saber duquesa Vitória.

— Siiiiim! — responderam os Sixteen, em coro.

***

Tiveram a ideia de ir ao local onde, segundo conde Gustavo, os livros estavam guardados há séculos: a Biblioteca Sol Brilhante.

Assim que chegaram lá, perceberam que o mostruário de vidro que costumava ser visto logo na entrada da biblioteca não estava mais lá.

Ficaram bem preocupados com a possibilidade de alguém já estar usando a trilogia que guardava segredos tão poderosos.

Foi então que, com a ajuda de Tempólio, voltaram no tempo para o dia em que conheceram seus amigos fantasmas. Assim, lembraram-se que fora justamente o tal bruxo Magno quem lançou a primeira maldição terrível sobre os nobres amigos do Reino Brilhantina, trancando-os no espelho.

Ficaram sabendo ainda que os bruxos Magno e Herculano eram os conselheiros do Reino Brilhantina, sendo que Magno era o irmão mais velho de Herculano e o mais poderoso e perverso dos dois irmãos.

— Só pode ser ele quem está com os três livros, tramando maldades contra nossos amigos — pensou alto Melissa.

— Afinal, ele escapou do Mundo dos Sonhos há pouco tempo — concordou Arion.

Depois de tanta informação, o melhor que tinham a fazer era dormir e esfriar a cabeça para o dia seguinte.

***

A administradora da biblioteca era uma bondosa senhora chamada Lurdes.

Dona Lurdes disse que alguns dias antes um homem ficou horas em frente àquele mostruário de vidro e passou bastante tempo com outras obras preciosas da biblioteca. Depois, saiu sem falar nada a ninguém. Por coincidência ou não, no dia seguinte, o mostruário estava totalmente quebrado, com os vidros espatifados no chão, e completamente vazio.

A polícia foi avisada, mas ainda não tinha localizado o suspeito.

Dona Lurdes disse-lhes que os livros eram bem grossos e descreveu os seguintes detalhes:

A capa do primeiro livro trazia uma gravura na forma de triângulo, com um olho verde-esmeralda brilhante no meio, e o título *Livro dos feitiços — Volume I*.

Já a capa do segundo livro trazia uma gravura na forma de círculo, com um olho azul-marinho brilhante no meio, e o título *Livro dos feitiços — Volume II*.

Por fim, a capa do terceiro livro trazia uma gravura na forma de losango, com um olho vermelho brilhante feito de pedras preciosas no meio, e o título *Livro dos feitiços — Volume III*.

Ela ainda acrescentou que todas as figuras geométricas no meio da capa mediam cerca de doze centímetros de altura. Os escritos eram em letras garrafais, tipo Garamond, na cor dourada e brilhante, envelhecida pelo tempo; o título "Livro dos feitiços" ficava na parte de cima, e o número do volume, na parte inferior.

Não havia dúvida: eram os livros descritos pelos fantasmas.

— Exatamente, são esses os livros que estamos procurando, dona Lurdes — disse Melissa.

— A senhora tem conhecimento do conteúdo deles? — completou Arion.

Dona Lurdes disse que ouvira falar dessa trilogia dos feitiços, mas achava que tudo não passava de uma lenda ou uma história inventada.

Os Sixteen explicaram à dona Lurdes a verdadeira história dos livros que procuravam. Ela ficou muito assustada e nervosa:

— Boa sorte, meninos, tentarei ajudá-los no que for possível.

Passaram o dia inteiro procurando os livros na biblioteca, em parques, construções abandonadas, becos e nada! Só muito cansaço, fome e desesperança. Então, os amigos seguiram o caminho de volta à pousada de dona Maria, e dona Lurdes foi para sua casa.

Ao chegarem, todos foram para os quartos descansar e pensar numa solução para encontrar os livros. Teriam que enfrentar uma jornada difícil, com vários perigos e armadilhas afiadas.

***

No dia seguinte à visita à biblioteca, receberam a inesperada visita de conde Severino e de condessa Lidiana, que lhes contaram que a duquesa Vitória, a condessa Isabela, o duque Armando e o conde Gustavo haviam sido amaldiçoados novamente.

— Nós outros continuamos livres e felizes — adiantou-se a dizer conde Severino —, mas eles precisam de uma nova ajuda, e a situação é muito séria.

A condessa Lidiana contou aos Sixteen que Herculano havia lançado uma nova maldição sobre eles, ainda pior do que a anterior, do espelho gigante do Castelo Assombrado de Sol Brilhante.

Dessa vez, eles estavam presos a uma corrente apertada a ponto de machucá-los e prendê-los para o resto de suas existências.

Apenas a magia dos três livros conseguiria quebrar os elos de ferro daquelas correntes. Para piorar a situação, os dezesseis amigos só tinham até a próxima lua nova para destruir a maldição. Do contrário, os fantasmas ficariam acorrentados para sempre na solidão eterna, num mundo em que apenas a tristeza lhes faria companhia.

— Minha nossa, que fim mais horrível! — surpreendeu-se Flores.

— Que tristeza... viver assim, acorrentado... — comentou Sila, com semblante assustado.

— Muito triste mesmo essa história. Eles não merecem tamanho castigo — assentiram Estrela e Esmeralda.

— Eles não mereciam um fim tão trágico... — colocou Aquileu.

— Uma maldição terrível e sem cabimento... Nossos amigos não mereciam isso — concluiu Rubens, mostrando-se bastante irritado.

Mais do que nunca, eles estavam unidos em uma nova missão, em busca dos livros dos feitiços. Os Sixteen eram muito corajosos e estavam dispostos a ajudar seus amigos fantasmas a terem a sua liberdade de volta novamente. Dessa vez, para sempre.

Conde Severino e condessa Lidiana ficaram emocionados com as belas palavras de apoio, a demonstração de amizade e a disposição em ajudar.

***

Quando começaram a pensar em como poderiam encontrar os livros, os Sixteen receberam mais uma visita. Agora, eram os seis magos de alma limenon, Tibianos, Albano, Mikros, Vilanos, Alceu e Crivonilda. Eles confirmaram que foi o bruxo Magno quem roubou os livros, levando-os para o Castelo Sombrio. Os magos esperaram ele sair do castelo, pegaram os três livros e os esconderam na Pirâmide dos Enigmas para que não caíssem em mãos erradas novamente.

Assim, os Sixteen decidiram partir novamente em busca da trilogia poderosa que salvaria seus nobres amigos fantasmas da ira dos irmãos e bruxos Magno e Herculano. Começaram a cumprir a missão analisando o mapa, que indicava a localização da pirâmide.

Após uma longa jornada, seguindo ao pé da letra a orientação dada pelos seis magos de alma limenon e o mapa, os Sixteen chegaram à Pirâmide dos Enigmas.

Para entrar, eles teriam que adivinhar o seguinte enigma:

"O que é, o que é: é verdadeiro e puro em um casal unido para sempre e nunca os separa?"

Todos falaram, juntos:

— O amor.

As portas da pirâmide se abriram e os jovens entraram.

— Uauuuuu! — exclamaram todos.

Era um lugar cheio de armadilhas, criadas pelos magos quando esconderam os livros. A construção era gigantesca e escondia muitos segredos valiosos sobre a existência de diversos mistérios.

A primeira passagem da pirâmide os levou a uma linda cachoeira de águas cristalinas.

A segunda passagem os levou a um bosque cheio de flores perfumadas.

A terceira e última passagem os levou a uma biblioteca antiga.

Como encontrar os três livros dos feitiços naquele montão de obras empoeiradas? O jeito era procurar, sem ceder ao desânimo, até encontrá-los.

De repente, um dos livros da biblioteca se abriu sozinho, tocando uma melodia suave. Na página aberta, os Sixteen viram o desenho de uma linda harpa dourada, toda encravada de brilhantes.

Quando eles tocaram na harpa, surgiu um feixe de luz forte, e de dentro dele, mais uma vez, os seis magos apareceram.

Os magos guiaram os dezesseis amigos na busca dos três livros dos feitiços. Já anoitecia quando, finalmente, chegaram a uma sala secreta, onde havia três caixas brilhantes: uma era prateada; outra, roxa; e a terceira, laranja. Cada uma escondia um dos três livros dos poderosos feitiços.

— Boa sorte nessa nobre missão, jovens destemidos —, falaram os alegres e realizados magos, antes de desaparecerem no feixe de luz que, no mesmo momento, se apagou. A música também parou de tocar, e o livro da harpa se fechou.

Os amigos apanharam os três livros, saíram da pirâmide e continuaram a caçada aos irmãos bruxos Magno e Herculano. Lembraram-se do que haviam dito os magos na primeira vez que se viram, sobre um Castelo Sombrio, e decidiram ir até lá.

Não foi difícil reconhecê-lo. Era uma construção com pouquíssimas janelas, todas fechadas, e uma única porta de entrada. O lugar era realmente assustador, com morcegos voando no céu escuro e com jeito de que iria chover.

Logo que se aproximaram da entrada, perceberam que havia várias armadilhas agudas e afiadas, prontas para atacar.

A primeira armadilha era um canhão carregado de balas de chumbo.

A segunda armadilha trazia um conjunto de espadas com pontas bem afiadas.

A terceira armadilha era composta de três arcos com flechas pontiagudas.

Os Sixteen estavam dispostos a enfrentar esses obstáculos e foram adiante, sem pestanejar.

"Determinação, amor e companheirismo", este era o lema dos dezesseis jovens amigos. Quando se tem determinação, nenhum obstáculo é suficiente para fazer desistir. Sem amor não se pode viver, pois ele é o sentimento mais importante do mundo. Companheirismo é essencial para atingir os objetivos na vida, pois sozinho não se vai a lugar algum.

Com autoconfiança e coragem, conseguiram passar pelas armadilhas. E os três livros serviram de escudos para entrarem no castelo dos irmãos bruxos Magno e Herculano.

***

Bem na entrada do castelo, os Sixteen avistaram os bruxos distraídos num canto da sala. Era o momento perfeito para agir.

Conforme já planejado, Arion, Melissa e Cravo, juntos, abriram os três livros. Enquanto isso, os outros treze amigos formavam um círculo em volta dos três para protegê-los.

Arion foi o primeiro a ler o feitiço do *Livro dos feitiços — Volume I*:

"Balança, balança, balança sem parar, para seu lugar de volta eu vou te mandar, eu vou te mandar, eu vou te mandar, de uma só vez, sem volta e sem fim, eu vou te mandar".

A seguir, Melissa leu o que dizia o *Livro dos feitiços — Volume II*:

"Uma estrela do céu que brilha na luz, mande esse mal para bem longe daqui. Uma estrela do céu que brilha na luz, mande esse mal para bem longe daqui, para bem longe daqui".

E, por último, foi a vez de Cravo, que leu no *Livro dos feitiços — Volume III*:

"Que um brilho de amor e um sorriso no olhar nos liberte desse mal, que um brilho de amor e um sorriso no olhar nos liberte desse mal, nos liberte desse mal".

Tão logo Arion, Melissa e Cravo concluíram a leitura, os bruxos Magno e Herculano ficaram paralisados e foram trancados no Mundo dos Sonhos por toda a eternidade.

Foi também nesse exato instante que se quebraram as correntes que prendiam os fantasmas de duquesa Vitória, de duque Armando, de condessa Isabela e de conde Gustavo.

A maldição foi anulada, para sempre!

Os fantasmas voltaram novamente à sua época de origem e foram muito felizes, juntos, com amor, respeito, sinceridade, paz e muitas alegrias compartilhadas.

A duquesa Vitória e o duque Armando se casaram e tiveram uma linda filhinha, chamada Rubi.

A condessa Isabela e o conde Gustavo também se casaram e tiveram uma linda bebê, chamada Floribela.

E, assim, o Reino Brilhantina ficou cheio de vida, esperança, harmonia e amor. Muito amor!

Obviamente, eles nunca se esqueceram dos dezesseis amigos que tanto os ajudaram. Aquela amizade seguiu firme em suas memórias e em seus corações, junto das lembranças de todas as aventuras que experimentaram.

Resolvido o grande problema, os jovens voltaram para a Pousada Azul, pois seus maiores desejos eram ver suas filhinhas e descansar — depois de um bom banho, é claro.

X · Baile à fantasia

Nem tudo ia bem na Pousada Azul. O baile à fantasia foi a ideia que dona Maria teve para tentar saldar a dívida do empréstimo com o Banco Sol Brilhante.

Naquela tarde de sábado, todos estavam empolgados com a festa que aconteceria à noite.

Amanda e Sabrina, filhas de dona Maria, estavam preparando as comidas salgadas e doces. Tudo estava ficando uma delícia.

Melissa, Flores, Jasmin, Penélope, Sila, Estrela, Esmeralda e Stefânia foram se arrumar após terminarem de montar a decoração do salão de festas. Ficou lindo demais, com o excelente bom gosto das jovens!

Arion, Aquileu, Cravo e Tempólio eram os responsáveis pelas bebidas. Rubens, Daniel, Ricardo e Felipe montaram o som para animar a festa, a noite inteira. Tão logo terminaram, também foram se arrumar.

A fantasia de Melissa era de fada, rosa-choque. A de Flores era de abelha, toda preta e laranja. A de Jasmin era de gatinha, multicolorida. A de Penélope era de Mulher Maravilha, em azul e vermelho, e a de Sila era de anja, também em muitas cores.

Já a fantasia de Estrela era de princesa, dourada com vermelho, e a de Esmeralda era de *cowgirl*, em branco e preto, e, por último, a de Stefânia era de Sherazade, em azul com pedras rosas e verdes.

Todas as fantasias eram reluzentes e lindas!

Quanto aos rapazes, Arion estava de pirata; Aquileu, de príncipe; Ricardo, de Zorro; Felipe, de cavaleiro; Cravo, de vampiro; Tempólio, de domador; Rubens, de mosqueteiro; e Daniel, de gladiador.

Sila

A festa estava superdivertida: música animada, comida gostosa, bebidas geladas, gente bonita e contente.

Porém, a alegria durou pouco. De repente, o som parou de funcionar. Sem música, ninguém queria ficar na festa só comprando comida e bebida, sem poder dançar.

Mal sabiam que o problema poderia ter sido solucionado trocando apenas um pedaço do fio, que estava partido ao meio, totalmente queimado.

Todos foram embora, tristes e desapontados.

Dona Maria ficou tão envergonhada que começou a chorar, sem parar, com medo de ficar no prejuízo.

— Calma, dona Maria, a senhora não teve culpa de nada — disse Flores. — Foi apenas um problema técnico!

— Essas coisas acontecem. Fique tranquila, não foi sua culpa! — continuou Sila.

— Calma, dona Maria. A situação vai se resolver... — falou Stefânia, tentando animá-la.

— Vamos resolver esse problema com calma — responderam Cravo e Aquileu, confiantes. — Tudo na vida tem solução!

— Calma, pessoal, muita calma nessa hora... Juntos encontraremos uma solução! — disse Daniel.

— Dona Maria, determinação, amor e companheirismo é o que nós temos de sobra, isso é o que importa — concluiu Felipe.

Naquele momento, o melhor que tinham a fazer era dormir para recuperarem as energias e pensar em outra solução para ajudar a saldar a dívida com o banco.

***

No dia seguinte, recuperada do constrangimento da noite anterior, dona Maria acordou animada, com outra ideia para salvar a sua pousada.

Decidiu promover um concurso de dança, no final de semana seguinte, para toda a comunidade de Sol Brilhante. Para conseguir organizar tudo a tempo, precisaria da ajuda dos Sixteen.

Arion, Aquileu, Ricardo e Felipe foram espalhar a notícia do 1º Concurso de Dança da Pousada Azul, avisando que qualquer pessoa poderia participar, independentemente da idade.

Cravo, Tempólio, Rubens e Daniel foram cuidar do som. Dessa vez não haveria transtorno, pois eles testariam o aparelho incansavelmente e, além disso, haviam deixado uma reserva de fios e outras peças para trocar em caso de problema.

Quanto mais gente participando, mais ingressos vendidos e melhor para salvar a pousada de dona Maria das altas dívidas.

Enquanto isso, Melissa, Penélope, Jasmin e Esmeralda ajudavam na cozinha com a comida que seria servida.

Já Flores, Estrela, Sila e Stefânia caprichavam na decoração do ambiente para ficar bem colorido e divertido.

Tudo pronto e bem organizado: perfeito!

As meninas e os meninos foram se arrumar porque também participariam do concurso de dança. Estavam ansiosos para entrar no palco e apresentar os passos que tinham ensaiado a semana inteirinha. Queriam arrasar, por isso não poderiam errar nada na hora da apresentação.

A plateia e os jurados estavam a postos, e as apresentações começariam em cinco minutos. Os participantes estavam com os nervos à flor da pele.

Rapidamente, chegou a vez dos nossos protagonistas: Melissa e Arion, Flores e Aquileu, Sila e Cravo, e Estrela e Tempólio ficaram na parte da frente do palco. Penélope e Felipe, Jasmin e Ricardo, Esmeralda e Rubens, e Stefânia e Daniel ficaram na parte de trás.

Apesar de nervosos, fizeram uma apresentação atenta e cuidadosa: música alegre, coreografia inédita, figurino colorido e reluzente, além de belos sorrisos estampados em seus rostos.

Foi um momento mágico em suas vidas! Arrancaram múltiplos aplausos e assovios da plateia.

Vários candidatos também se apresentaram, mas nenhum empolgou tanto a galera quanto os dezesseis amigos.

O resultado não poderia ter sido outro, e os juízes anunciaram que os Sixteen eram os vencedores do 1º Concurso de Dança da Pousada Azul.

Os jovens não cabiam em si de tanta felicidade, mas, principalmente, porque entregariam todo dinheiro do prêmio à dona Maria.

Dona Maria, nem se fala, faltava explodir de tanta emoção com o dinheiro arrecadado dos ingressos e da venda de bebidas e comidas.

Juntando tudo daria para quitar o empréstimo junto ao Banco Sol Brilhante, e a sua pousada não seria mais vendida ou derrubada para construir prédios.

Emocionada, agradeceu pela surpresa e pelo apoio recebido e até chorou. Chorou, mas de alegria!

XI · Batizado e Dia da Amizade

Dezembro chegou numa ensolarada manhã de domingo. A movimentação na pousada começou cedo. Era dia de ir ao Templo dos Deuses batizar as bebês.

As mamães e os papais estavam muito felizes com aquele dia tão especial, em que iriam batizar suas filhinhas.

Chegaram ao templo em cima da hora, e deus Rivonildo, o pai de todos os deuses, estava impaciente.

Manoela, a filhinha de Melissa e de Arion, foi a primeira a ser batizada.

Paloma, filha de Flores e de Aquileu, foi a segunda.

Samantha, a filha de Jasmin e Ricardo, foi a próxima.

Giovana, filhinha de Penélope e Felipe, foi a quarta bebê a ser batizada.

A quinta bebê foi Brenda, filha de Sila e de Cravo.

A sexta foi Juliana, filhinha de Estrela e de Tempólio.

Laís, filha de Esmeralda e de Rubens, foi a sétima.

A última bebê a ser batizada foi Marina, a filha de Stefânia e de Daniel.

Deus Rivonildo batizou cada bebê desenhando um coração no ar sobre a cabecinha deles e dizendo: "Eu a batizo em nome dos deuses do fogo, da terra, da água e do ar". E todos respondiam: "Amém".

A cerimônia foi especial! Não teve quem não se emocionasse com as oito bebês sendo batizadas de uma só vez! Era muita gente!

Em seguida, foram comemorar a celebração na Pousada Azul. A festança começou na hora do almoço e terminou com o pôr do sol.

Os Sixteen, seu Amadeu, Sabrina, Amanda, Bernardo e Marcos ajudaram dona Maria na arrumação das coisas que

Estrela

estavam no salão de festas. Depois, papais e mamães foram dormir. Era tarde, estavam mortos de cansaço.

Antes disso, Melissa perguntou à dona Maria se poderia pegar um copo d'água, estava com muita sede. Sem cerimônia, dona Maria respondeu que sim, que ela poderia ficar à vontade para tomar água o quanto quisesse.

Enquanto Melissa estava na cozinha, Arion também chegou para tomar água. Os dois acabaram conversando sobre o batizado, que tinha sido maravilhoso. Abraçaram-se longamente e se beijaram. Em seguida, cada um voltou para o seu quarto.

Lá, Melissa contou a Flores sobre o encontro com Arion na cozinha da pousada. As duas irmãs papearam até de madrugada, enquanto admiravam suas filhinhas dormindo como anjos.

***

Logo cedo, as meninas foram à confeitaria comprar um bolo diferente para o café da manhã. Enquanto isso, os meninos ajudavam seu Amadeu a trocar as lâmpadas queimadas da pousada.

Depois de um bom tempo, as garotas estavam de volta da confeitaria com uma torta de chocolate com baunilha, recheada de morangos e coberta de brigadeiro, para acompanhar o café da manhã especial, junto às bebezinhas batizadas.

Terminado o café, dona Maria teve uma agradável ideia e convidou todo mundo para ir à praia se divertir. O dia estava lindo!

Todos concordaram, colocaram roupa de banho e se organizaram depressa para não chegarem tarde à praia, que era um pouco distante da Pousada Azul.

Da praia se avistava a cidade, e o mar estava uma delícia, com água morna e cristalina! Estava cheio de turistas se divertindo muito!

O dia passou muito animado e rápido. Perto do pôr do sol, todos pegaram suas coisas e foram embora, felizes por terem ido à praia com seus amigos e suas bebês, Manoela, Paloma, Brenda, Juliana, Samantha, Giovana, Laís e Marina.

Era incrível ver tanta alegria estampada no sorriso de cada um. Dona Maria, seu Amadeu e os filhos — Amanda, Sabrina, Bernardo e Marcos — jamais se esqueceriam daquele momento tão agradável junto àqueles dezesseis jovens e suas filhinhas, já tão queridas. Eram amigos de verdade; estariam ali prontos para ajudá-los em todos os momentos de suas vidas. Não passariam em branco em suas histórias, e isso merecia outra celebração.

***

Na quarta-feira, fizeram um jantar especial na Pousada Azul para comemorar o Dia da Amizade, data importante para estar entre amigos e celebrar o afeto.

Enquanto comiam, comentavam sobre como era legal conviver com pessoas tão maravilhosas, que conversavam todos os dias sobre assuntos novos, trocavam ideias interessantes e, mais importante ainda, sobre o quanto eles se tornaram amigos compartilhando suas dificuldades.

— Vocês são muito lindos! Feliz Dia da Amizade, pessoal! — disseram Melissa e Flores.

— Foi uma honra tê-los conhecido. Vocês são fantásticos! — falou Rubens.

— Somos uma grande família! Vocês são amigos muito generosos! Feliz Dia da Amizade, meus amores! — comentou Jasmin.

— Verdade, somos uma família maravilhosa! Muita paz no Dia da Amizade! — desejou Esmeralda.

— Que a nossa amizade dure muitos e muitos anos! — Tempólio acrescentou.

— Vocês são uns anjos que apareceram em minha vida! — prosseguiu Penélope. — Que a amizade esteja sempre com a gente...

— E que ela seja cheia de aventuras! — completou Ricardo.

XIV · Paula e Davi

Num mágico piscar de olhos, os dias se passaram, até que chegou a grande data: uma festa de casamento na Pousada Raio Feliz.

Paula, filha de dona Mercedes, se casaria com Davi, que era um ótimo rapaz. Os dois se amavam muito e iriam jurar no templo sagrado o verdadeiro amor para todo o sempre.

Melissa e Arion, Flores e Aquileu, Jasmin e Ricardo, Penélope e Felipe, Sila e Cravo, Estrela e Tempólio, Esmeralda e Rubens e Stefânia e Daniel eram os padrinhos do casamento de Paula e Davi. Estavam prontos esperando a hora de entrar.

Deus Joaquim, o deus do amor, já estava posicionado no altar, aguardando a noiva.

Paula, linda de noiva, sorria emocionada. A única coisa que desejava naquele momento era ser muito feliz com o seu amado, Davi!

Os sinos tocaram, as trombetas também, e, enquanto Paula e o seu pai seguiam rumo ao altar, os convidados admiravam a beleza da moça. Principalmente Davi, o noivo, que estava quase chorando, emocionado ao ver sua amada tão bela.

Deus Joaquim celebrava a cerimônia e chamou os padrinhos para participarem.

Melissa e Arion entregaram as alianças.

Flores e Aquileu colocaram um colar de rosas no pescoço de Paula e de Davi.

Jasmin e Ricardo colocaram o manto sagrado em cada um dos noivos.

Penélope e Felipe colocaram outro colar, desta vez de pérolas, em cada um dos nubentes.

Sila e Cravo deram a bebida sagrada, um cálice de vinho, a cada noivo.

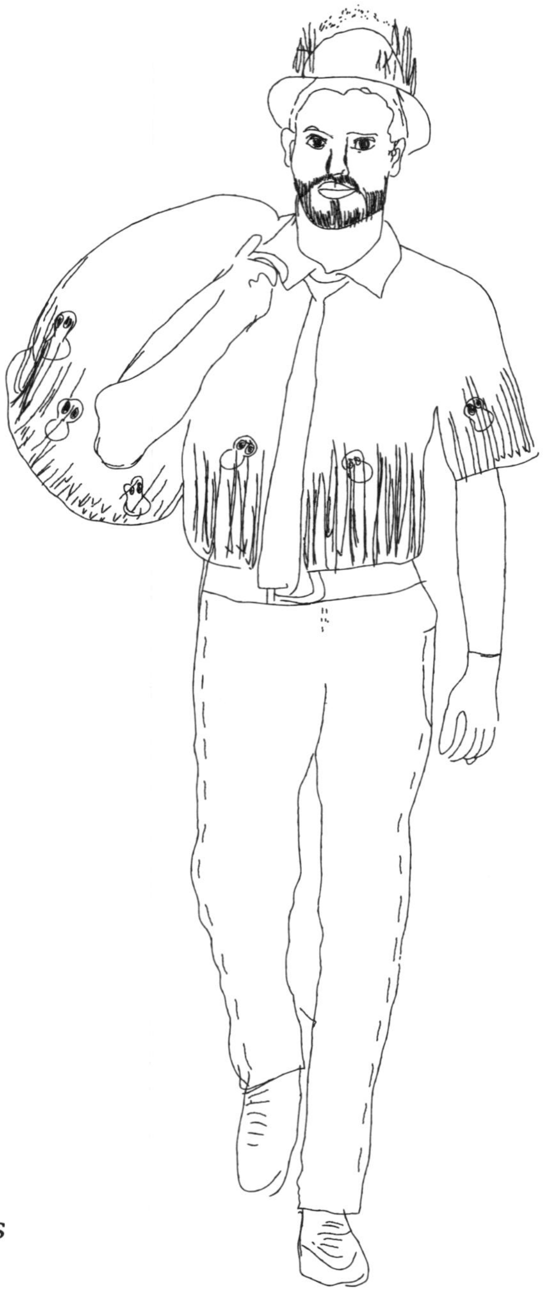

Rubens

Estrela e Tempólio colocaram uma coroa de flores brancas nas cabeças dos noivos.

Esmeralda e Rubens desenharam um coração na testa de cada um dos noivos com água benta.

Finalmente, Stefânia e Daniel colocaram o livro de registros sobre a bancada para assinatura dos padrinhos.

Dona Mercedes estava orgulhosa da filha, e o pai, seu Jarbas, muito feliz pela felicidade de Paula ao lado de um bom rapaz, honesto e trabalhador.

Paula e Davi estavam radiantes porque já eram marido e mulher. Formaram uma família que seria para sempre sinônimo de união, amor, respeito e confiança.

Todos seguiram para a Pousada Raio Feliz, ansiosos para a festa de casamento.

Arion, Aquileu, Cravo, Tempólio, Ricardo, Felipe, Rubens e Daniel aproveitaram que estavam todos reunidos e subiram ao palco na frente de todos os presentes.

Um de cada vez pegou o microfone e, em alto e bom som, para que a amada ouvisse, começou a falar:

— Melissa, amada da minha vida, você aceita se casar comigo?

— Sim, eu aceito, Arion, me casar com você. É tudo o que sempre quis em minha vida!

— Flores, meu amor, você aceita se casar comigo?

— Sim, Aquileu, você é o meu amor, e eu aceito me casar com você!

— Jasmin, minha linda, você aceita se casar comigo?

— Ricardo, sim, sim, sim, aceito me casar com você!

— Penélope, minha princesa, você aceita se casar comigo?

— Sim, Felipe, você é minha paixão, eu aceito me casar com você!

— Sila, minha florzinha, você aceita se casar comigo?

— Sim, Cravo, claro que eu aceito me casar com você!

— Estrela, musa do meu coração, você aceita se casar comigo?

— Sim, Tempólio, amor de minha vida, eu aceito me casar com você!

— Esmeralda, meu anjo, você aceita se casar comigo?

— É claro que sim, Rubens, eu aceito me casar com você, pois você é o meu grande amor!

— Stefânia, minha gatinha, você aceita se casar comigo?

— Sim, Daniel, eu aceito me casar com você!

No momento em que os meninos ouviram que a resposta era o esperado "sim", ficaram muito felizes! Deram um abraço coletivo e chamaram suas meninas para subirem ao palco.

Cada um entregou uma delicada caixinha de veludo à sua amada.

Quando as meninas abriram a tampa e viram aqueles anéis tão lindos, cada uma pediu ao seu amado que colocasse o anel em sua mão direita.

Os convidados aplaudiram e desejaram felicidades aos noivos. Finalmente, elas iriam ser felizes com o amor de suas vidas.

Dona Mercedes, seu Jarbas, Christian, Afonso, Paula e Davi ficaram contentes com o noivado de seus amigos e desejaram-lhes toda a felicidade do mundo.

Paula e Davi se despediram da festa, pois passariam a noite no Hotel Luar, que ficava no centro de Vila Liminosa.

No dia seguinte, viajaram para o Hotel Fazenda Dourada do Amanhã, localizado na cidade Águas Lindas do Nascente. Teriam duas semanas de lua de mel.

***

Paula e Davi compraram uma casa em Vila Liminosa para ficarem mais perto de suas famílias e amigos.

Depois de alguns meses, Paula e Davi ligaram para dona Mercedes, anunciando que Paula estava grávida de uma menina, que se chamaria Laura.

Era um belo nome para uma menina que, com certeza, seria linda como a mãe.

Emocionados porque seriam avós, dona Mercedes e seu Jarbas foram correndo avisar seus filhos Christian e Afonso, que também ficaram muito felizes com a notícia de que seriam titios.

Naquela pousada animada, no dia seguinte, fizeram a maior festa!

XV · Casamento dos Sixteen

Sem aguentar esperar muito mais, os dezesseis amigos começaram a preparação para o grande dia de suas vidas.

Foram meses pensando numa saída para suas vidas e organizando um destino que não se podia controlar.

Viviane e Tamires, donas da floricultura, ofereceram o tapete vermelho e as flores para enfeitar o templo no dia da cerimônia. Além disso, elas ficaram responsáveis pela decoração da festa. Os jovens escolheram rosas vermelhas e brancas.

Seu Cristovam e os filhos, Guilherme e Fernando, donos da Padaria Liminosa, ofereceram de presente aos noivos centenas de pãezinhos especiais acompanhados de frios.

Seu Roger e os filhos, Sebastian e Alexandre, donos da Pizzaria Liminosa, ofereceram as pizzas salgadas e doces como presente de casamento.

As proprietárias da Casa de Bolos Liminosa, dona Janaína e suas filhas, Ludmila e Anita, fizeram oito bolos de casamento, um para cada casal, e os ofereceram de presente.

A Distribuidora de Bebidas Liminosa, na pessoa de seu Ancelmo, presenteou os Sixteen com bebidas à vontade para todos os convidados.

Mas e o maior presente que as meninas poderiam ganhar: quem alugou os vestidos para elas? Dona Mercedes, sempre dona Mercedes.

Seu Moacir, dono da loja Aluguel de Roupas Masculinas Liminosa, emprestou os ternos para os meninos, que ficaram lindos como príncipes, é claro!

Os responsáveis pela Sapataria Liminosa, dona Marcela, seu Franco e seus filhos, Maiara, Thiago e Cristiane, ofereceram como presente de casamento sapatos novos e elegantes para todos eles.

Daniel

Os donos da Esportes Radicais Liminosa, dona Arlete, seu Otávio e os filhos, Benjamin, Johnny e Fabíola, ofereceram uma pista de patinação na festa. Seria um evento diferente, com uma pista de verdade para os convidados patinarem no gelo. Foi uma ideia brilhante!

O dono da Produtora Audiovisual Liminosa, seu Matias, também quis dar uma força. Fez um filme sobre os noivos para passar em um telão gigante, contando a história de cada um deles, de onde vieram e como se conheceram.

Os responsáveis pela Locadora de Vídeos Liminosa, seu Gerônimo e os filhos, Gabriela e Adriano, emprestaram vários DVDs de música e dança, para organizarem uma sessão de cinema inusitada.

"Foi uma grande ideia!", disse Gabriela, animadíssima para ir ao casamento. Seu irmão, Adriano, também estava empolgado com a festa, que seria supercriativa.

Seu Ramiro e os filhos, Martin e Danilo, resolveram emprestar oito carros da sua loja, Automóveis Liminosa, para levar as noivas da Pousada Raio Feliz até o Templo dos Milagres. Mais uma ideia genial essa dos carros, todos grandes, bonitos e enfileirados, desfilando pela cidade.

Os donos da loja Casa Arrumada Liminosa, seu Adalberto e os filhos, Augusto e Gabriel, ficaram muito felizes em poder ajudar com alguma coisa para o casamento dos jovens amigos. Eles emprestaram todas as mesas, cadeiras e toalhas de seda para dar um toque especial à festa de casamento.

O pessoal da escola Dança Comigo Liminosa, dona Adriane e suas filhas, Paola, Júlia e Estela, ofereceram aulas de valsa para os casais de noivos.

Os donos da Lavanderia Liminosa passaram a ferro os vestidos das noivas e os ternos dos noivos; era uma forma simples, mas muito importante, de ajudar.

Seu Jaime e os filhos, Arnaldo e Omar, cerimonialistas experientes da região, estavam muito empolgados em participar da festa de casamento, para que nada saísse errado.

As proprietárias da Fantasias Liminosa ficaram responsáveis pelos acessórios da festa. Dona Clementina e os filhos, Jéssica e Alisson, arrumaram tudo: chapéus coloridos e purpurinados; máscaras engraçadas; echarpes nas cores rosa, amarela, branca, laranja, azul e roxa, com bastante brilho; apitos com luzes; colares de festa; perucas coloridas; óculos nas cores rosa, vermelho, roxo, amarelo, azul, verde, dourado e prateado.

Os noivos aceitaram todos os presentes e ficaram radiantes! Não tinham palavras para agradecer tanta bondade das pessoas para com eles!

Assim, os Sixteen foram cuidando de tudo com muito carinho, para que não houvesse problemas.

Com tanta gente ajudando, deu tudo certo, como num conto de fadas, e, finalmente, estava tudo pronto para o casamento.

***

Melissa e Arion, Flores e Aquileu, Jasmin e Ricardo, Penélope e Felipe, Sila e Cravo, Estrela e Tempólio, Esmeralda e Rubens e Stefânia e Daniel estavam muito felizes com a bela união que iria se formar ali e que jamais poderia ser quebrada. Não haveria feitiço que atrapalhasse.

Logo de manhã, as meninas começaram a se arrumar: depilação, banho de espuma, manicure, pedicure, cabelo e maquiagem. Luxos a que tinham direito!

Estava chegando a hora. Corações aflitos de emoção. Algo daria errado?

Os meninos estavam prontos! Sapatos engraxados, terno e gravata, bem penteados, barba feita, olhos brilhantes, sorriso na boca. Lindos, muito lindos!

Logo saíram a caminho do Templo dos Milagres, onde seria realizada a cerimônia de casamento dos oito casais dos reinos de Rosamenon e de Aqualândia, os reinos rivais.

As meninas também estavam prontas, e os carros com motoristas, à espera delas em frente à Pousada Raio Feliz. Todas simplesmente maravilhosas. Nada haveria de falhar.

Estava prestes a acontecer o grande momento em suas vidas, o dia em que elas selariam a promessa de serem felizes para todo o sempre. Só teria alegria na celebração mais linda do mundo e para a vida inteira.

Toda a cidade parou para vê-las a caminho do Templo dos Milagres.

Havia chegado a hora mais esperada: o momento mágico em que a noiva entra no templo. Nesse caso, as noivas. Elas já estavam posicionadas para entrar. Melissa seria a primeira.

Foi dado o sinal, o casamento iria começar.

Os noivos aguardavam as suas amadas, cada um segurando a sua filhinha em frente ao altar.

Deus Joaquim se posicionou, os convidados se levantaram e a música "Amor, alegria dos homens" começou a tocar.

A porta principal do Templo dos Milagres se abriu e lá estava Melissa, linda e radiante!

O sonho tinha se transformado em realidade! Era pura magia no ar!

Melissa começou a entrar calmamente, e as amigas Flores, Sila, Estrela, Jasmin, Esmeralda, Penélope e Stefânia, uma a uma, foram entrando em seguida.

Os convidados, perplexos, nem piscavam, admirando a beleza das princesas reais, com seus vestidos lindíssimos!

Era puro brilho! Reluziam no altar todas as magias do bem, cada uma rumo à sua felicidade completa.

Quando deus Joaquim iniciou a cerimônia, todos se sentaram, emocionadíssimos. Dona Mercedes e sua família, então, nem se fala.

Na hora do beijo dos noivos, os convidados, comovidos por toda história, aplaudiram aquela bela união, estendendo as mãos com muito amor e desejando alegria pelo resto de suas vidas.

Na saída do templo, os padrinhos jogaram pétalas de rosas nos noivos, abençoando a união.

***

Quando a festa começou, o DJ Ronaldo anunciou a abertura da pista de dança, soltando uma música bem tranquila, enquanto os convidados se acomodavam para assistir à homenagem de seu Matias.

Não teve um só convidado que não se encantasse com o vídeo que mostrava cada casal narrando a sua história. Pura magia, feito um sonho.

Assim que terminou o vídeo, o DJ soltou o som com aquela música bem animada e não parou mais a noite inteira. Música após música, os convidados pulavam de alegria e não paravam de dançar.

A segurança da festa ficou por conta do delegado Frederico e dos guardas Miguel, Thomás, Eduardo, João e Samuel.

Mas nem por isso eles deixaram de curtir o baile. Frederico aproveitou para dançar com algumas pretendentes, já que estava solteiro e de olho em Tamires, que também estava sem namorado e era muito bonita.

Enquanto isso, os guardas dançavam com as suas namoradas, funcionárias da floricultura. Miguel dançou com Renata; Eduardo, com Priscila; Thomás, com Paulina; João, com Viviane; e Samuel, com Josie.

Havia clima de mais romance no ar!

Na festa, os convidados dançaram, patinaram, brincaram e cantaram até cansar. Sem falar na bebida e na comida, pizza e pães deliciosos, bolos e doces, tudo uma delícia.

Até a madrugada era só alegria!

XVI · A volta para casa

No dia seguinte, fizeram um mutirão e arrumaram a bagunça.

Quando já estava tudo em ordem, Melissa e Arion, Flores e Aquileu, Jasmin e Ricardo, Penélope e Felipe, Sila e Cravo, Estrela e Tempólio, Esmeralda e Rubens e Stefânia e Daniel, cada casal com a sua bebê, foram se despedir de dona Mercedes.

Desta vez, realmente, eles voltariam para casa.

Os Sixteen agradeceram por tudo. A família de dona Mercedes estava muito contente, pois os seus grandes amigos estavam felizes e realizados; mas, ao mesmo tempo, estavam todos tristes, porque ficariam longe deles e de suas filhinhas.

Logo partiram para uma nova jornada rumo à felicidade, finalmente. Ainda próximo à pousada, viram um parque de diversões no qual não haviam reparado até então, e, por isso, resolveram dar uma passadinha, para se despedirem da cidade em grande estilo.

Os proprietários do parque, seu Mauro e dona Salete, foram recebê-los na entrada, e os filhos, Jackson e Tadeu, ajudaram em tudo o que precisassem.

Depois de muita diversão, seguiram viagem rumo aos seus reinos, onde eles contariam a verdade sobre seus romances às famílias.

***

A caminhada seguia, e a cabeça inundava de pensamentos. Como os pais reagiriam com tudo aquilo? Teriam dificuldade em enfrentar a notícia do casamento dos filhos queridos?

Para os Sixteen nada era impossível.

Com o lema “Determinação, amor e companheirismo”,

Stefânia

eles conseguiriam enfrentar os problemas e contar a verdade para os pais, contar que eles se amavam de verdade e que tiveram lindas filhas.

Mas será que isso mudaria alguma coisa em suas vidas? Mudaria a verdade com relação às famílias porque eles tinham sido felizes juntos com a pessoa certa?

Estavam com medo de contar a verdade aos pais sobre os casamentos, as filhas e um montão de outras coisas que aconteceram no tempo em que estiveram fora.

Contudo, estavam determinados em revelar a verdade desde o começo da história do amor entre eles. Ora, não podiam se separar jamais, porque havia criança envolvida na história.

Além do mais, estavam unidos para sempre em um laço inseparável, que não poderia ser quebrado nunca: o amor que sentiam uns pelos outros, e os frutos desse amor, as filhas.

O amor que sentiam era intenso, puro e sincero! Uma paixão forte e sonhadora que nunca iria acabar. Finalmente, poderiam ser felizes com o amor de suas vidas!

Suas mães e seus pais ficariam encantados com as netinhas que não conheciam e que nem imaginavam que existiam.

No caminho de volta para casa, viram algo interessante. Era um lindo parque cheio de flores coloridas: rosas, vermelhas, amarelas, azuis e roxas. Um verdadeiro encanto!

Melissa, Flores, Jasmin, Penélope, Estrela, Sila, Esmeralda e Stefânia desceram do micro-ônibus e foram dar uma olhada em cada detalhe que havia naquele parque.

Arion, Aquileu, Ricardo, Felipe, Cravo, Tempólio, Rubens e Daniel ficaram cuidando das filhas, enquanto aguardavam a volta das suas amadas.

Um panfleto anunciava que havia um circo se apresentando ali perto. Deram outra pausa e foram até lá conhecê-lo.

O circo era colorido e geométrico. Tinha palhaços, trapezistas, equilibristas, a mulher barbada, o mágico dos animais, o homem canhão, bailarinas, acrobatas e domador de leões.

Quando o *show* começou, ficaram maravilhados e rindo o tempo todo. Aplausos e diversão por duas horas!

Melissa, Flores e Jasmin gostaram mais dos trapezistas.

Penélope, Sila, Estrela, Esmeralda e Stefânia ficaram muito animadas com as apresentações do arco.

Felipe, Cravo, Tempólio, Rubens e Daniel adoraram o espetáculo dos animais.

Arion, Aquileu e Ricardo se acabaram de rir com a mulher barbada.

Após muitas gargalhadas de toda a plateia, baixaram-se as cortinas e o espetáculo terminou.

Era hora de seguir o caminho de volta para casa.

Mas...

Uma mistura de sentimentos mais uma vez tomou conta dos Sixteen: alegria, tristeza, ansiedade, medo, saudade...

Como seriam recebidos? Seria melhor fugir novamente? Ou encarar a situação? E agora? O que fazer? Quantas incertezas...

Os Sixteen sabiam que eles não poderiam ficar ali parados no meio do caminho: era agora ou nunca.

Escolheram agora.

***

Finalmente, chegaram aos reinos onde moravam e cada um seguiu até sua casa, sendo que as bebezinhas acompanharam as mamães.

A grande surpresa: seus pais já estavam esperando por eles, muito bravos, querendo uma explicação. Apesar disso, a emoção tomou conta de todos... Muitos abraços e beijos foram trocados entre pais e filhos.

Quando os Sixteen contaram que estavam casados e com filhas, os pais ficaram sem palavras e não souberam o que dizer diante daquela revelação.

Em algumas preciosas horas, tudo se acalmou, embora ainda não acreditassem naquilo tudo que tinham acabado de ouvir.

Os pais levaram mais um tempo para entender o que estava

acontecendo de verdade. Era pesadelo? Feitiço? Pensavam que era um sonho a pura realidade dos fatos.

Por dentro, não tiveram outra escolha a não ser aceitar o matrimônio dos filhos e a existência de suas netas. As crianças amaram conhecer os avós e abriram um lindo sorriso para eles.

No dia seguinte, fizeram uma grande festa! Novamente, todos juntos para comemorar a volta dos filhos com suas lindas netinhas.

Todas as famílias reunidas, em uma grande comemoração entre os Reinos de Aqualândia e Rosamenon, com as oito bebezinhas lindamente vestidas, de lacinho no cabelo, que foram geradas com tanto amor.

As famílias estavam felizes!

Pais, filhos e netas se abraçavam e comemoravam aquele momento inesquecível.

Nesse instante, os Sixteen lembraram-se do lema presente em toda essa jornada: "Determinação, amor e companheirismo". Afinal... Quando se tem determinação, nenhum obstáculo é suficiente para fazer desistir. Sem amor não se pode viver, pois ele é o sentimento mais importante do mundo. Companheirismo é essencial para atingir os objetivos na vida, pois sozinho não se vai a lugar algum.

EPÍLOGO

Melissa, Flores, Jasmin, Penélope, Sila, Estrela, Esmeralda, Stefânia, Arion, Aquileu, Ricardo, Felipe, Cravo, Tempólio, Rubens e Daniel nunca iriam se esquecer dos momentos emocionantes, das aventuras, dos passeios, dos lugares lindos e divertidos que conheceram e, acima de tudo, dos amigos maravilhosos, alegres, educados e prestativos que deixaram pelo caminho.

Mas...

Não haveria nada que pudesse acontecer para abalar esses relacionamentos tão perfeitos? Um feitiço dando forma a uma tragédia? A volta dos bruxos? Quem sabe...

Isso é o que veremos em *Sixteen: o amor através dos tempos — segunda temporada*, que já está sendo preparado com muito carinho para você.

AMIGO LEITOR,

Obrigada por ter compartilhado dessa aventura comigo! Espero que tenha gostado da história!
Não deixe de dar sua opinião em minhas redes sociais:

sixteen.com.br

instagram.com/sixteenluiza

facebook.com/sixteen.luizaaraujo

luizaaraujoescritora@gmail.com

luizaaraujo.blog

Luíza Araújo

PERSONAGENS

A

Adalberto: dono da empresa Casa Arrumada Liminosa.
Vínculos: pai de Augusto e de Gabriel.
Contexto: Vila Liminosa.

Adriane: dona da escola Dança Comigo Liminosa.
Vínculos: mãe de Paola, de Júlia e de Estela.
Contexto: Vila Liminosa.

Adriano: trabalha na Locadora de Vídeos Liminosa.
Vínculos: filho de seu Gerônimo e irmão de Gabriela.
Contexto: Vila Liminosa.

Afonso: trabalha na Pousada Raio Feliz.
Vínculos: irmão de Christian e de Paula, filho de dona Mercedes e de seu Jarbas.
Contexto: Vila Liminosa.

Agamenon: deus dos cipós.
Vínculos: pai de Cravo e de Tempólio, casado com Minerva, irmão de Reinaldo.
Contexto: Reino Rosamenon.

Albano: mago.
Vínculos: amigo dos magos Mikros, Vilanos, Alceu, Crivonilda e Tibianos.
Contexto: cidade Sol Brilhante.

Alberto: dono da fazenda.
Vínculos: marido de dona Neusa, pai de Alex, de Bruno, de Lucas, de Aline e de Pâmela.

Contexto: fazenda de seu Alberto.

Alceu: mago.
Vínculos: amigo dos magos Albano, Mikros, Vilanos, Crivonilda e Tibianos.
Contexto: cidade Sol Brilhante.

Alex: trabalha na fazenda.
Vínculos: filho de seu Alberto e de dona Neusa, irmão de Bruno, de Lucas, de Aline e de Pâmela.
Contexto: fazenda de seu Alberto.

Alexandre: trabalha na Pizzaria Liminosa.
Vínculos: filho de seu Roger e irmão de Sebastian.
Contexto: Vila Liminosa.

Aline: uma das filhas casadas de seu Alberto e de dona Neusa.
Vínculos: irmã de Alex, de Bruno, de Lucas e de Pâmela.
Contexto: fazenda de seu Alberto.

Alisson: trabalha na loja Fantasias Liminosa.
Vínculos: filha de dona Clementina e irmã de Jéssica.
Contexto: Vila Liminosa.

Almerinda: duquesa fantasma do Castelo Assombrado.
Vínculos: mãe de duquesa Vitória e esposa de duque Gerônimo.
Contexto: cidade Sol Brilhante.

Alucoro: conde fantasma do Castelo Assombrado.
Vínculos: avô de duque Armando e esposo de duquesa Juzefina.
Contexto: cidade Sol Brilhante.

Amadeu: dono da Pousada Azul.
Vínculos: pai de Amanda, de Sabrina, de Bernardo e de Marcos. Esposo de dona Maria.
Contexto: cidade Sol Brilhante.

Amanda: trabalha na Pousada Azul.
Vínculos: filha de dona Maria e de seu Amadeu, irmã de Sabrina, de Bernardo e de Marcos.
Contexto: cidade Sol Brilhante.

Amorfeu: deus do Veneno Mortal.
Vínculos: pai de Aramis e de Tíbanos, casado com Zara.
Contexto: Reino Amorfeu.

Ancelmo: representante da Distribuidora de Bebidas Liminosa.
Contexto: Vila Liminosa.

Anita: trabalha na Casa de Bolos Liminosa.
Vínculos: filha de dona Janaína e irmã de Ludmila.
Contexto: cidade Vila Liminosa.

Aquileu (Sixteen): deus das margens aquáticas.
Vínculos: filho de Marítima e de Tritão, irmão de Arion. Prometido para Estrela, mas ama Flores.
Contexto: Reino Aqualândia.

Aramis: deus das pedras pontudas.
Vínculos: irmão de Tíbanos, filho de Amorfeu e de Zara.
Contexto: Reino Amorfeu.

Arion (Sixteen): deus dos animais aquáticos.
Vínculos: filho de Marítima e de Tritão, irmão de Aquileu. Prometido para Sila, mas ama Melissa.
Contexto: Reino Aqualândia.

Arlete: dona da Esportes Radicais Liminosa.
Vínculos: esposa de seu Otávio, mãe de Benjamin, de Johnny e de Fabíola.
Contexto: Vila Liminosa.

Armando: duque fantasma do Castelo Assombrado.
Vínculos: amor de duquesa Vitória, pai de Rubi, filho de duque Rodolfo e de duquesa Cornélia, neto de conde Alucoro e de duquesa Juzefina.
Contexto: cidade Sol Brilhante.

Armina: deusa da harmonia.
Vínculos: mãe de Jasmin e de Penélope, tia de Melissa e de Flores, casada com Romero, cunhada de Hibisco.
Contexto: Reino Rosamenon.

Arnaldo: cerimonialista do casamento dos Sixteen.
Vínculos: filho de seu Jaime e irmão de Omar.
Contexto: Vila Liminosa.

Augusto: trabalha na Casa Arrumada Liminosa.
Vínculos: filho de seu Adalberto e irmão de Gabriel.
Contexto: Vila Liminosa.

Aurora: deusa das amizades.
Vínculos: mãe de Esmeralda e de Stefânia, casada com Pablo, cunhada de Heráculos.
Contexto: Reino Aqualândia.

B

Benjamin: trabalha na Esportes Radicais Liminosa.
Vínculos: filho de dona Arlete e de seu Otávio, irmão de Johnny e de Fabíola.
Contexto: Vila Liminosa.

Bernardo: trabalha na Pousada Azul.
Vínculos: filho de dona Maria e de seu Amadeu, irmão de Amanda, de Sabrina e de Marcos.
Contexto: cidade Sol Brilhante.

Brenda: bebê.
Vínculos: filha de Sila e de Cravo.
Contexto: Reino Aqualândia.

Bruno: trabalha na fazenda.
Vínculos: filho de seu Alberto e de dona Neusa, irmão de Alex, de Lucas, de Aline e de Pâmela.
Contexto: fazenda de seu Alberto.

C

Camilo: dono da Lanchonete Delícia.
Vínculos: esposo de dona Elisabete, pai de Rafael, de Damião, de Jonney e de Daniela.
Contexto: Vilarejo dos Milagres.

Catarina: deusa da ilusão aquática.
Vínculos: mãe de Ricardo e de Felipe, casada com Mário, cunhada de Tritão.
Contexto: Reino Aqualândia.

Christian: trabalha na Pousada Raio Feliz.
Vínculos: filho de dona Mercedes e de seu Jarbas, irmão de Afonso e de Paula.
Contexto: Vila Liminosa.

Clementina: dona da Fantasias Liminosa.
Vínculos: mãe de Jéssica e de Alisson.
Contexto: Vila Liminosa.

Cornélia: duquesa fantasma do Castelo Assombrado.
Vínculos: mãe de duque Armando, esposa de duque Rodolfo, avó de Rubi.
Contexto: cidade Sol Brilhante.

Cravo (Sixteen): deus dos espinhos.
Vínculos: filho de Minerva e de Agamenon, irmão de Tempólio. Prometido para Melissa, mas ama Sila.
Contexto: Reino Rosamenon.

Cristal: deusa das fontes eternas.
Vínculos: mãe de Sila e de Estrela, casada com Heráculos.
Contexto: Reino Aqualândia.

Cristiane: trabalha na Sapataria Liminosa.
Vínculos: irmã de Maiara e de Thiago, filha de dona Marcela e de seu Franco.
Contexto: Vila Liminosa.

Cristovam: dono da Padaria Liminosa.
Vínculos: viúvo, pai de Guilherme e de Fernando.
Contexto: Vila Liminosa.

Crivonilda: maga.
Vínculos: amiga dos magos Albano, Mikros, Vilanos, Alceu e Tibianos.
Contexto: cidade Sol Brilhante.

D

Damião: trabalha na Lanchonete Delícia.
Vínculos: filho de dona Elisabete e seu Camilo, irmão de Rafael, de Jonney e de Daniela.
Contexto: Vilarejo dos Milagres.

Daniel (Sixteen): deus do olhar penetrante.
Vínculos: filho de Marina e de Reinaldo, irmão de Rubens, primo de Cravo e de Tempólio, ama Stefânia.
Contexto: Reino Rosamenon.

Daniela: trabalha na Lanchonete Delícia.
Vínculos: filha de dona Elisabete e seu Camilo, irmã de Damião, de Jonney e de Rafael.
Contexto: Vilarejo dos Milagres.

Danilo: trabalha na loja Automóveis Liminosa.
Vínculos: filho de seu Ramiro e irmão de Martin.
Contexto: Vila Liminosa.

Davi: marido de Paula.
Vínculos: genro de dona Mercedes e de seu Jarbas.
Contexto: Vila Liminosa.

E

Eduardo: guarda de polícia e segurança da festa de casamento dos Sixteen.
Vínculos: namorado de Priscila.
Contexto: Vila Liminosa.

Elisabete: dona da Lanchonete Delícia.
Vínculos: esposa de seu Camilo, mãe de Rafael, de Damião, de Jonney e de Daniela.
Contexto: Vilarejo dos Milagres.

Esmeralda (Sixteen): deusa das pedras preciosas.
Vínculos: filha de Aurora e de Pablo, irmã de Stefânia, prima de Sila e de Estrela, amava Rubens.
Contexto: Reino Aqualândia.

Estela: trabalha na escola Dança Comigo Liminosa.
Vínculos: filha de dona Adriane, irmã de Júlia e de Paola.
Contexto: Vila Liminosa.

Estrela (Sixteen): deusa das estrelas-do-mar.

Vínculos: filha de Cristal e de Heráculos, irmã de Sila, prima de Esmeralda e de Stefânia, prometida para Aquileu, mas amava Tempólio.
Contexto: Reino Aqualândia.

F

Fabíola: trabalha na Esportes Radicais Liminosa.
Vínculos: filha de dona Arlete e de seu Otávio, irmã de Johnny e de Benjamin.
Contexto: Vila Liminosa.

Felipe (Sixteen): deus da rapidez.
Vínculos: filho de Catarina e de Mário, irmão de Ricardo, primo de Arion e de Aquileu, amava Penélope.
Contexto: Reino Aqualândia.

Fernando: trabalha na Padaria Liminosa.
Vínculos: filho de seu Cristovam, irmão de Guilherme.
Contexto: Vila Liminosa.

Florência: condessa fantasma do Castelo Assombrado.
Vínculos: mãe de conde Gustavo de Chanisagom, esposa de conde Gerald, avó de Floribela.
Contexto: cidade Sol Brilhante.

Flores (Sixteen): deusa da primavera.
Vínculos: filha de Lírio e de Hibisco, irmã de Melissa, prometida para Tempólio, mas amava Aquileu.
Contexto: Reino Rosamenon.

Floribela: bebê, lady Floribela de Chanisagom.
Vínculos: filha de condessa Isabela e de conde Gustavo de Chanisagom.
Contexto: cidade Sol Brilhante.

Francisco: médico.
Contexto: Vilarejo dos Milagres.

Franco: dono da Sapataria Liminosa.
Vínculos: marido de dona Marcela, pai de Maiara, de Thiago e de Cristiane.
Contexto: Vila Liminosa.

Frederico: delegado, segurança da festa de casamento dos Sixteen.
Vínculos: solteiro.
Contexto: Vila Liminosa.

G

Gabriel: trabalha na Casa Arrumada Liminosa.
Vínculos: filho de seu Adalberto e irmão de Augusto.
Contexto: Vila Liminosa.

Gabriela: trabalha na Locadora de Vídeos Liminosa.
Vínculos: filha de seu Gerônimo e irmã de Adriano.
Contexto: Vila Liminosa.

Gerald: conde fantasma do Castelo Assombrado.
Vínculos: pai de conde Gustavo de Chanisagom e esposo de condessa Florência.
Contexto: cidade Sol Brilhante.

Gerônimo: duque fantasma do Castelo Assombrado.
Vínculos: pai de duquesa Vitória e esposo de duquesa Almerinda.
Contexto: cidade Sol Brilhante.

Gerônimo: dono da Locadora de Vídeos Liminosa.
Vínculos: pai de Gabriela e de Adriano.
Contexto: Vila Liminosa.

Giovana: bebê.
Vínculos: filha de Penélope e de Felipe.
Contexto: Reino Rosamenon.

Guilherme: trabalha na Padaria Liminosa.
Vínculos: filho de seu Cristovam e irmão de Fernando.
Contexto: Vila Liminosa.

Gustavo de Chanisagom: conde fantasma do Castelo Assombrado.
Vínculos: filho de conde Gerald e de condessa Florência, pai de Floribela. Prometido para duquesa Vitória, mas era a paixão de condessa Isabela.
Contexto: cidade Sol Brilhante.

H

Helena: secretária de doutor Francisco.
Contexto: Vilarejo dos Milagres.

Heráculos: deus dos rios.
Vínculos: pai de Sila e de Estrela, casado com Cristal, irmão de Pablo.
Contexto: Reino Aqualândia.

Herculano: bruxo.
Vínculos: irmão mais novo do bruxo Magno.
Contexto: cidade Sol Brilhante.

Hibisco: deus das tintas venenosas.
Vínculos: casado com Lírio, pai de Melissa e de Flores, irmão de Romero.
Contexto: Reino Rosamenon.

Horácio: duque fantasma do Castelo Assombrado.

Vínculos: pai de condessa Isabela e esposo de duquesa Sônia.
Contexto: cidade Sol Brilhante.

I

Isabela: condessa fantasma do Castelo Assombrado.
Vínculos: mãe de Floribela; prometida para Armando, mas amada por conde Gustavo de Chanisagom.
Contexto: cidade Sol Brilhante.

J

Jackson: trabalha no parque de diversões.
Vínculos: filho de seu Mauro e dona Salete, irmão de Tadeu.
Contexto: Vila Liminosa.

Jaime: cerimonialista do casamento dos Sixteen.
Vínculos: pai de Arnaldo e de Omar.
Contexto: Vila Liminosa.

Janaína: dona da Casa de Bolos Liminosa.
Vínculos: viúva, mãe de Ludmila e de Anita.
Contexto: Vila Liminosa.

Jarbas: dono da pousada Raio Feliz.
Vínculos: marido de dona Mercedes, pai de Christian, de Afonso e de Paula.
Contexto: Vila Liminosa.

Jasmin (Sixteen): deusa do brilho.
Vínculos: filha de Armina e de Romero, irmã de Penélope, prima de Melissa e de Flores, amava Ricardo.
Contexto: Reino Rosamenon.

Jéssica: trabalha na loja Fantasias Liminosa.
Vínculos: filha de dona Clementina, irmã de Alisson.
Contexto: Vila Liminosa.

Joana: dona da Pousada Bolinhas.
Contexto: Vilarejo dos Milagres.

João: guarda de polícia e segurança da festa de casamento dos Sixteen.
Vínculos: namorado de Viviane.
Contexto: Vila Liminosa.

Joaquim: deus do amor, que celebrou o casamento de Paula e Davi e dos Sixteen.
Contexto: Vila Liminosa.

Johnny: trabalha na Esportes Radicais Liminosa.
Vínculos: filho de dona Arlete e seu Otávio, irmão de Benjamin e de Fabíola.
Contexto: Vila Liminosa.

Jonney: trabalha na Lanchonete Delícia.
Vínculos: filho de dona Elisabete e seu Camilo, irmão de Damião, de Rafael e de Daniela.
Contexto: Vilarejo dos Milagres.

Josie: trabalha na Floricultura Duas Irmãs.
Vínculos: amiga de Paulina, de Renata, de Priscila, de Viviane e de Tamires; namorada de Samuel.
Contexto: Vila Liminosa.

Juca: administrador e guia do Castelo Assombrado.
Contexto: cidade Sol Brilhante.

Júlia: trabalha na escola Dança Comigo Liminosa.
Vínculos: filha de dona Adriane, irmã de Paola e de Estela.

Contexto: Vila Liminosa.

Juliana: bebê.
Vínculos: filha de Estrela e de Tempólio.
Contexto: Reino Aqualândia.

Juzefina: duquesa fantasma do Castelo Assombrado.
Vínculos: avó de duque Armando e esposa de conde Alucoro.
Contexto: cidade Sol Brilhante.

L

Laís: bebê.
Vínculos: filha de Esmeralda e de Rubens.
Contexto: Reino Aqualândia.

Laura: bebê.
Vínculos: filha de Paula e de Davi.
Contexto: Vila Liminosa.

Leandro: borracheiro.
Contexto: cidade Sol Brilhante.

Lidiana: condessa fantasma do Castelo Assombrado.
Vínculos: avó de duquesa Vitória, esposa de conde Severino.
Contexto: cidade Sol Brilhante.

Lírio: deusa das açucenas.
Vínculos: casada com Hibisco e mãe de Melissa e de Flores.
Contexto: Reino Rosamenon.

Lucas: filho de seu Alberto e de dona Neusa.
Vínculos: irmão de Alex, de Bruno, de Aline e de Pâmela.
Contexto: fazenda de seu Alberto.

Ludmila: trabalha na Casa de Bolos Liminosa.
Vínculos: filha de dona Janaína e irmã de Anita.
Contexto: Vila Liminosa.

Lurdes: secretária da Biblioteca Sol Brilhante.
Contexto: cidade Sol Brilhante.

M

Magno: bruxo.
Vínculo: irmão mais velho do bruxo Herculano.
Contexto: cidade Sol Brilhante.

Maiara: trabalha na Sapataria Liminosa.
Vínculos: filha de dona Marcela e de seu Franco, irmã de Thiago e de Cristiane.
Contexto: Vila Liminosa.

Manoel: dono da Joalheria Liminosa.
Vínculos: viúvo, pai de Tobias e de Romeu.
Contexto: Vila Liminosa.

Manoela: bebê.
Vínculos: filha de Melissa e de Arion.
Contexto: Reino Rosamenon.

Marcela: dona da Sapataria Liminosa.
Vínculos: esposa de seu Franco, mãe de Maiara, de Thiago e de Cristiane.
Contexto: Vila Liminosa.

Marcos: trabalha na Pousada Azul.
Vínculos: filho de dona Maria e seu Amadeu, irmão de Amanda, de Sabrina e de Bernardo.
Contexto: cidade Sol Brilhante.

Margarida: dona da Hospedaria Dona Margarida.

Maria: dona da Pousada Azul.
Vínculos: casada com o seu Amadeu, mãe de Amanda, de Sabrina, de Bernardo e de Marcos.
Contexto: cidade Sol Brilhante.

Marina: bebê.
Vínculos: filha de Stefânia e de Daniel.
Contexto: Reino Aqualândia.

Marina: deusa da pintura.
Vínculos: mãe de Daniel e de Rubens, casada com Reinaldo, cunhada de Agamenon.
Contexto: Reino Rosamenon.

Mário: deus do gelo aquático.
Vínculos: pai de Ricardo e de Felipe, casado com Catarina, irmão de Tritão.
Contexto: Reino Aqualândia.

Marítima: deusa das ondas.
Vínculos: mãe de Arion e de Aquileu, casada com Tritão.
Contexto: Reino Aqualândia.

Marta: parteira.
Contexto: cidade Sol Brilhante.

Martin: trabalha na Automóveis Liminosa.
Vínculos: filho de seu Ramiro, irmão de Danilo.
Contexto: Vila Liminosa.

Matias: dono da Produtora Audiovisual Liminosa.
Contexto: Vila Liminosa.

Mauro: dono do parque de diversões.

Vínculos: esposo de dona Salete e pai de Jackson e de Tadeu.
Contexto: Vila Liminosa.

Melissa (Sixteen): deusa da bondade e da natureza.
Vínculos: filha de Lírio e de Hibisco, irmã de Flores, era prometida para Cravo, mas ama Arion.
Contexto: Reino Rosamenon.

Mercedes: dona da pousada Raio Feliz.
Vínculos: esposa de seu Jarbas, mãe de Christian, de Afonso e de Paula.
Contexto: Vila Liminosa.

Miguel: guarda de polícia e segurança da festa de casamento dos Sixteen.
Vínculo: namorado de Renata.
Contexto: Vila Liminosa.

Mikros: mago.
Vínculos: amigo dos magos Albano, Vilanos, Alceu, Crivonilda e Tibianos.
Contexto: cidade Sol Brilhante.

Minerva: deusa das farpas pontudas.
Vínculos: mãe de Cravo e de Tempólio e casada com Agamenon.
Contexto: Reino Rosamenon

Moacir: dono da loja Aluguel de Roupas Masculinas Liminosa.
Contexto: Vila Liminosa.

N

Neusa: dona da fazenda junto com o marido.
Vínculos: esposa de seu Alberto, mãe de Alex, de Bruno, de

Lucas, de Aline e de Pâmela.
Contexto: fazenda de seu Alberto.

O

Omar: cerimonialista do casamento dos Sixteen.
Vínculos: filho de seu Jaime e irmão de Arnaldo.
Contexto: Vila Liminosa.

Otávio: dono da Esportes Radicais Liminosa.
Vínculos: esposo de dona Arlete, pai de Benjamin, de Johnny e de Fabíola.
Contexto: Vila Liminosa.

P

Pablo: deus da sabedoria.
Vínculos: pai de Esmeralda e de Stefânia, casado com a Aurora, irmão de Heráculos.
Contexto: Reino Aqualândia.

Paloma: bebê.
Vínculos: filha de Flores e de Aquileu.
Contexto: Reino Rosamenon.

Pâmela: casada, filha de seu Alberto e de dona Neusa.
Vínculos: irmã de Alex, de Bruno, de Lucas e de Aline.
Contexto: Fazenda de seu Alberto.

Paola: trabalha na escola Dança Comigo Liminosa.
Vínculos: filha de dona Adriane, irmã de Júlia e de Estela.
Contexto: Vila Liminosa.

Paula: trabalha na Pousada Raio Feliz.

Vínculos: filha de dona Mercedes e seu Jarbas, irmã de Christian e de Afonso.
Contexto: Vila Liminosa.

Paulina: trabalha na Floricultura Duas Irmãs.
Vínculos: irmã de Renata, namorada de Thomás, amiga de Priscila, de Viviane, de Tamires e de Josie.
Contexto: Vila Liminosa.

Penélope (Sixteen): deusa do arco-íris.
Vínculos: filha de Armina e de Romero, irmã de Jasmin, prima de Melissa e de Flores. Ama Felipe.
Contexto: Reino Rosamenon.

Priscila: trabalha na Floricultura Duas Irmãs.
Vínculos: namorada de Eduardo e amiga de Paulina, de Renata, de Viviane, de Tamires e de Josie.
Contexto: Vila Liminosa.

R

Rafael: trabalha na Lanchonete Delícia.
Vínculos: filho de dona Elisabete e seu Camilo, irmão de Damião, de Jonney e de Daniela.
Contexto: Vilarejo dos Milagres.

Ramiro: dono da loja Automóveis Liminosa.
Vínculos: pai de Martin e de Danilo.
Contexto: Vila Liminosa.

Reinaldo: deus dos galhos pontudos.
Vínculos: pai de Daniel e de Rubens, casado com Marina, irmão de Agamenon.
Contexto: Reino Rosamenon.

Renata: trabalha na Floricultura Duas Irmãs.
Vínculos: irmã de Paulina, namorada de Miguel, amiga de Priscila, de Viviane, de Tamires e de Josie.
Contexto: Vila Liminosa.

Ricardo (Sixteen): deus dos arcos e flechas.
Vínculos: filho de Catarina e de Mário, irmão de Felipe, primo de Arion e de Aquileu, ama Jasmin.
Contexto: Reino Aqualândia.

Rivonildo: pai de todos os deuses.
Contexto: Templo dos Deuses, cidade Sol Brilhante.

Rodolfo: duque fantasma do Castelo Assombrado.
Vínculos: pai de duque Armando e esposo de duquesa Cornélia.
Contexto: cidade Sol Brilhante.

Roger: dono da Pizzaria Liminosa.
Vínculos: divorciado, pai de Sebastian e de Alexandre.
Contexto: Vila Liminosa.

Romero: deus das luzes radiantes.
Vínculos: pai de Jasmin e de Penélope, casado com Armina, tio de Melissa e de Flores, irmão de Hibisco.
Contexto: Reino Rosamenon.

Romeu: trabalha na Joalheria Liminosa.
Vínculos: filho de seu Manoel e irmão de Tobias.
Contexto: Vila Liminosa.

Ronaldo: DJ da festa de casamento dos Sixteen.
Contexto: Vila Liminosa.

Rubens (Sixteen): deus da grama venenosa.
Vínculos: filho de Marina e de Reinaldo, irmão de Daniel,

primo de Cravo e de Tempólio, amava Esmeralda.
Contexto: Reino Rosamenon.

Rubi: bebê.
Vínculos: filha de duquesa Vitória e de duque Armando.
Contexto: cidade Sol Brilhante.

S

Sabrina: trabalha na Pousada Azul.
Vínculos: filha de dona Maria e seu Amadeu, irmã de Amanda, de Bernardo e de Marcos.
Contexto: cidade Sol Brilhante.

Salete: dona do parque de diversões.
Vínculos: esposa de seu Mauro, mãe de Jackson e de Tadeu.
Contexto: Vila Liminosa.

Samantha: bebê.
Vínculos: filha de Jasmin e de Ricardo.
Contexto: Reino Rosamenon.

Samuel: guarda de polícia e segurança da festa de casamento dos Sixteen.
Vínculo: namorado de Josie.
Contexto: Vila Liminosa.

Sebastian: trabalha na Pizzaria Liminosa.
Vínculos: filho de seu Roger e irmão de Alexandre.
Contexto: Vila Liminosa.

Severino: conde fantasma do Castelo Assombrado.
Vínculos: avô de duquesa Vitória e esposo de condessa Lidiana.
Contexto: cidade Sol Brilhante.

Sila (Sixteen): deusa do canto.
Vínculos: filha de Cristal e de Heráculos, irmã de Estrela, prima de Esmeralda e de Stefânia. Prometida para Arion, mas ama Cravo.
Contexto: Reino Aqualândia.

Sônia: duquesa fantasma do Castelo Assombrado.
Vínculos: mãe de condessa Isabela e esposa de duque Horácio.
Contexto: cidade Sol Brilhante.

Stefânia (Sixteen): deusa do encantamento.
Vínculos: filha de Aurora e de Pablo, irmã de Esmeralda, prima de Sila e de Estrela, ama Daniel.
Contexto: Reino Aqualândia.

T

Tadeu: trabalha no parque de diversões.
Vínculos: filho de seu Mauro e dona Salete, irmão de Jackson.
Contexto: Vila Liminosa.

Tamires: dona da Floricultura Duas Irmãs.
Vínculos: solteira, irmã de Viviane, amiga de Paulina, de Renata, de Priscila e de Josie.
Contexto: Vila Liminosa.

Tempólio (Sixteen): deus do tempo.
Vínculos: filho de Minerva e de Agamenon, irmão de Cravo. Prometido para Flores, mas ama Estrela.
Contexto: Reino Rosamenon.

Thiago: trabalha na Sapataria Liminosa.
Vínculos: filho de dona Marcela e de seu Franco, irmão de Maiara e de Cristiane.
Contexto: Vila Liminosa.

Thomás: guarda de polícia, segurança da festa de casamento dos Sixteen.
Vínculo: namorado de Paulina.
Contexto: Vila Liminosa.

Tíbanos: deus do fogo.
Vínculos: filho de Amorfeu e de Zara, irmão de Aramis.
Contexto: Reino Amorfeu.

Tibianos: mago.
Vínculos: amigo dos magos Albano, Mikros, Vilanos, Alceu e Crivonilda.
Contexto: cidade Sol Brilhante.

Tobias: trabalha na Joalheria Liminosa.
Vínculos: filho de seu Manoel e irmão de Romeu.
Contexto: Vila Liminosa.

Tritão: deus dos tufões.
Vínculos: pai de Arion e de Aquileu, irmão de Mário, marido de Marítima.
Contexto: Reino Aqualândia.

V

Vilanos: mago.
Vínculos: amigo dos magos Albano, Mikros, Alceu, Crivonilda e Tibianos.
Contexto: cidade Sol Brilhante.

Vitória: duquesa fantasma do Castelo Assombrado.
Vínculos: filha de duque Gerônimo e de duquesa Almerinda, neta de conde Severino e de condessa Lidiana, mãe de Rubi. Prometida para duque Gustavo, mas ama duque Armando.
Contexto: cidade Sol Brilhante.

Viviane: dona da Floricultura Duas Irmãs.
Vínculos: irmã de Tamires e namorada de João. Amiga de Paulina, de Renata, de Priscila e de Josie.
Contexto: Vila Liminosa.

Z

Zara: deusa da hipnotização.
Vínculos: mãe de Aramis e de Tíbanos, casada com Amorfeu.
Contexto: Reino Amorfeu.

SOBRE A AUTORA

Por Gilma Araújo, mãe de Luíza

Luíza Araújo, hoje com 23 anos, é uma jovem que possui talentos especiais e adora escrever sobre o seu mundo real que, para os outros, é imaginário.

Tendo crescido em um ambiente atrativo com muita música clássica, muitos livros de história e brinquedos interessantes, sua vida é norteada por uma imaginação sem limites.

Luíza sempre foi uma criança muito quieta, tímida e reservada quanto a suas emoções. Sempre adorou brincar sozinha, sem muitas interações, mas adorava me ouvir ler histórias de contos de fadas e brincar de teatrinho todos os dias antes de dormir.

Percebendo isso, buscamos, meu marido e eu, atividades estimuladoras que poderiam interessá-la, como balé, piano, equitação, inglês, natação, violão, canto e teatro, atividades que propiciam a crianças, jovens e adultos maior interatividade e expressão.

No entanto, com exceção do professor Josué, que ministrava as aulas de canto — as quais ela frequenta ainda hoje —, todos os profissionais se mostraram bastante irritados com Luíza. Diziam que ela não interagia com eles e os outros alunos e pediam que ela fosse afastada imediatamente, antes que perdessem a paciência.

Luíza sempre foi amorosa e gentil, mas, voltada para seu mundo interno e com uma lógica diferente da que estamos acostumados, praticamente nunca teve amigos.

Preconceito e *bullying* sempre fizeram parte da vida dela, principalmente nas escolas que só se interessam por alunos considerados “normais”.

É difícil saber o que é pior: o desconhecimento, a falta de preparo, a indiferença, a desistência, o preconceito ou qualquer outra manifestação que coloca a pessoa diferente da maioria em uma situação de exclusão social.

Infelizmente, a nossa sociedade é organizada para oferecer oportunidades a apenas um tipo "padrão" de pessoas. Tudo funciona e está disponível para os indivíduos que se encaixam nesse padrão, para quem dá respostas dentro de expectativas tidas como normais.

Mas o que é ser normal? O que é ser diferente? Cada pessoa é única, ela só precisa de liberdade e muito amor para crescer e descobrir o que lhe dá alegria. O importante é não a sobrecarregar de expectativas e não se deixar cansar diante das recusas, das dificuldades, do despreparo e da ignorância alheia. Os obstáculos nos fortalecem, e existem, sim, lugares e pessoas bacanas para nos acolher e nos mostrar caminhos alternativos para que cada pessoa possa ser ela mesma e tenha a chance de expressar, para o mundo de fora, o seu mundo particular.

Ao longo da vida da Luíza, muitos profissionais, de diversas especialidades, foram contratados com o objetivo de investigar e encontrar soluções para suas dificuldades de adaptação à escola e às outras atividades cotidianas. Apesar dos diagnósticos imprecisos e pessimistas de limitações intelectuais lógico-afetivas (retardo nível médio e autismo nível 1), nunca desistimos de procurar caminhos que pudessem oferecer respostas apropriadas ao melhor desenvolvimento e qualidade de vida de Luíza.

Sempre insistimos para que ela participasse, mesmo a contragosto dela, de diferentes atividades, até que encontrássemos um caminho que fosse satisfatório. Preconceito haverá sempre, mas não podemos nos deixar influenciar por ele nunca.

Nessa busca incansável, nem tudo foram espinhos. Pessoas maravilhosas, como o médico holístico Dr. Edson Nilton Veiga, que acompanha a Luíza desde os cinco anos de idade, o optometrista Ricardo Bretas e a facilitadora Solange Perpin, todos com tratamentos alternativos, lúdicos e naturais, não aceitaram as restrições sugeridas por outros médicos.

Também o Colégio Dromos deu a ela um apoio fundamental. Essa escola inclusiva, que se preocupa mais com a pessoa do que com as diferenças, oferece oportunidades para todos, contrapondo-se a tantas outras escolas que fecharam as portas a Luíza.

Após terminar o Ensino Médio no Dromos, Luíza chegou a entrar em uma Faculdade de Design de Moda, mas não conseguiu prosseguir no curso, mesmo eu sendo sua colega de classe.

Foram muitos anos de tentativas até Luíza descobrir a escrita como sua maneira de expressão. Seu mundo ficou guardado de nós até seus 21 anos, quando ela começou a participar do ateliê Ato com Texto, em Brasília, com foco na estimulação da criatividade. Após experimentar várias linguagens (aquarela, colagem, desenho com lápis de cor, contação de histórias, produção e interpretação de textos), ela se destacou na escrita criativa.

Nos encontros semanais no ateliê, começaram a nascer suas histórias. Inicialmente, eram heroínas e heróis reais: Joana d'Arc, Rembrandt, Maria Bonita e Lampião. Em seguida, por meio de técnicas de desenvolvimento e expressão, ela começou a criar e inventar suas próprias histórias. Logo nasceram os personagens e o enredo da série ***Sixteen.***

O interesse e a disposição de Luíza para escrever foram tão intensos que ela passava horas em seu quarto inventando e desenvolvendo a trama para, semanalmente, mostrar sua produção a Solange Perpin, que descobriu o grande potencial e o talento da jovem para desenvolver histórias bem elaboradas. Eram tramas estimulantes, cheias de mistérios, encontros e desencontros, com uma inovadora junção de gêneros literários (novela, romance, tragédia, conto de fadas, poesia, entre outros), que brotavam da sua mente e não podiam ficar na gaveta.

Assim nasceu a ideia de reunir os manuscritos em um livro. Isso mesmo, manuscritos: Luíza escreve as suas histórias à mão, e eu me encarrego da digitação.